sur une idée de denis bajram

scénario - valérie mangin
dessin - aleksa gajic

le fléau des dieux

tome 3 : urbi et orbi

soleil

à mon frère,

Aleksa Gajic

à mes parents,

à Denis,

Valérie Mangin

retrouvez LE FLÉAU DES DIEUX sur internet

en français
http://www.ateliervirtuel.com/fleau

en anglais
http://aleksagajic.com/

sur le site de l'éditeur
http://www.soleil-lesite.com/

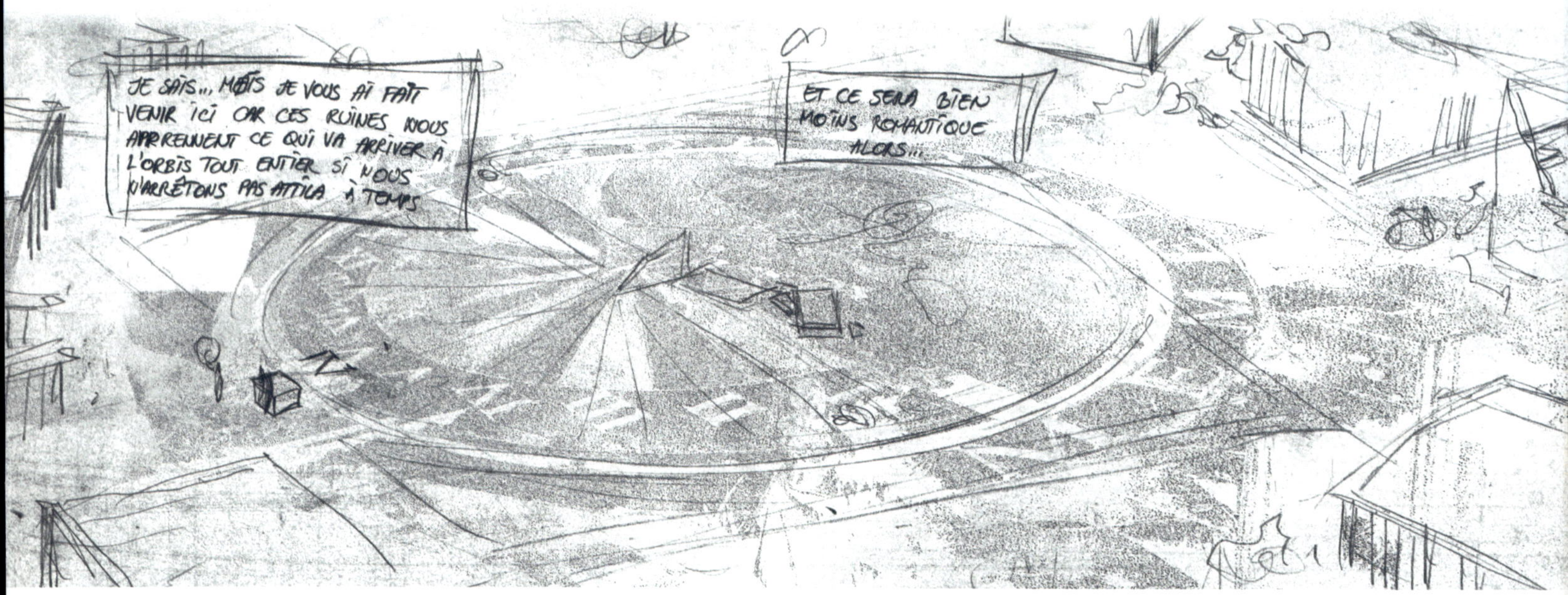

Soleil Productions
Le Grand Hôtel, Place de la Liberté
83000 Toulon

Bureaux parisiens
81, Bd Richard Lenoir - 75011 Paris

Conception graphique Denis Bajram

Réalisation graphique : Studio Soleil
Direction artistique : Didier Gonord

Dépôt légal octobre 2002 - ISBN : 2 - 84565 - 385 - 9

Photogravure : Quadriscan - 04
Impression : Lesaffre - Tournai - Belgique

VAINCU ! ENFIN !
MOI, LE PRÉFET DE LA XVE LÉGION, J'AI ENFIN VAINCU LES HUNS ! GLOIRE SOIT RENDUE À MARS, DIEU DES ARMÉES !
ATTILA N'AURAIT PAS DÛ LAISSER DES HOMMES ICI, APRÈS ÊTRE REPARTI AVEC LE GROS DE SES TROUPES !
POW
À PRÉSENT, NOUS, LES ROMAINS QU'IL MÉPRISAIT TANT, NOUS QU'IL CROYAIT MORTS OU EN FUITE, NOUS AVONS DÉCIMÉ SON ARRIÈRE-GARDE SUR SIRMIUM ! HAHA !
TA FLAVIA AETIA FAIT VRAIMENT DES MIRACLES, EBARSE, MÊME QUAND ELLE RESTE CACHÉE DANS SON TEMPLE SPATIAL... QUELLE STRATÈGE !
OH ! PARDON, JE REPRENDS : **TON FLAVIUS AETIUS** FAIT VRAIMENT DES MIRACLES ! NE T'INQUIÈTE PAS, JE N'AI RIEN DIT AUX LÉGIONNAIRES QUE NOUS AVONS RATTRAPÉS AVEC LE LEVIATHAN !
ILS CROIENT TOUJOURS TOUS ÊTRE MENÉS PAR AETIUS, L'ANCIEN GOUVERNEUR DE SIRMIUM, ET NON PAR SA FILLE.
ET DIRE QUE, COMME TOI, ILS CROIENT AUSSI FLAVIA IMMORTELLE, DEPUIS QU'ILS L'ONT VUE SURVIVRE À UNE EXPLOSION ATOMIQUE...

C'EST POUR CELA QU'ILS SE SONT RALLIÉS À NOUS. HÉ... EBARSE ! TU M'ÉCOUTES ? ATTENDS-MOI !
VOUS M'AVEZ BIEN SOIGNÉ, D'ACCORD, MAIS JE NE PEUX PAS ENCORE COURIR ! EBARSE ! EBARSE !
AAH, JE N'AI PAS LE TEMPS, PRÉFET ! TES LÉGIONNAIRES RISQUENT DE TUER LE CHEF DES DERNIERS HUNS.
ARRÊTEZ TOUS ! J'APPORTE UNE OFFRE DU GOUVERNEUR AETIUS À L'ARRIÈRE-GARDE D'ATTILA !
TOI !! EBARSE !? LE PREMIER SERVITEUR DE NOTRE GLORIEUSE KERKA, TU PARLES POUR LES ROMAINS ?!
OUI, , ET C'EST LA DÉESSE DU CHAOS ELLE-MÊME QUI M'ENVOIE ! C'EST TOI LEUR CHEF ?
ELLE T'ORDONNE DE CESSER LE COMBAT ET DE JOINDRE TES HOMMES À CEUX DE SON PÈRE MORTEL, CAR IL EST SON NOUVEAU CHAMPION !
TU HÉSITES, GUERRIER ? DOUTERAIS-TU DE MA PAROLE ? CROIS-TU QUE JE TRAHIRAIS KERKA ?
NON, JE NE CROIS PAS. ET MOI AUSSI, JE SUIS SON SERVITEUR !
AVEC ATTILA OU AETIUS, JE RÉPANDRAI LE CHAOS DE KERKA DANS TOUT L'UNIVERS.

ALORS, C'EST ÇA, TA CLEF DE ROME, PRÉFET ?! ON DIRAIT JUSTE UN CLASSIQUE SCEAU IMPÉRIAL EN FORME DE PLANÈTE !
OUI, GOUVERNEUR ! MAIS, DANS CE SCEAU-LÀ, A ÉTÉ ENCODÉ LE SECRET LE PLUS PRÉCIEUX DE L'UNIVERS :
LES COORDONNÉES STELLAIRES DE ROME ! LE SEUL MOYEN DE POUVOIR RALLIER LA CAPITALE DE L'UNIVERS CONNU !
SEULS L'EMPEREUR, LA RÉGENTE ET LES SÉNATEURS, DE PAR LEUR DIGNITÉ, LES CONNAISSENT ET PEUVENT EN DISPOSER !
OUI ! MON PÈRE DISAIT QUE SE VOIR CONFIER UNE DE CES CLEFS DE ROME ÉTAIT LE PLUS GRAND HONNEUR QUI PUISSE ÊTRE FAIT À UN CITOYEN.
HUM... LE SÉNAT ME L'AVAIT DONNÉE POUR QUE JE PUISSE VENIR TRIOMPHER À ROME APRÈS AVOIR ÉCRASÉ ATTILA ET SA HORDE. J'AI ÉCHOUÉ... ET TU ES ARRIVÉE POUR NOUS GUIDER.
TU N'AS MÊME PAS EU À TE MONTRER À L'ARRIÈRE-GARDE HUN POUR QU'ELLE CESSE LE COMBAT ET SE RALLIE À NOUS.
IMMORTELLE OU PAS, TU ES DIGNE DE L'ARMURE QUE TU PORTES !
LA CLEF TE REVIENT AVEC LE DROIT D'ALLER À ROME RÉCLAMER À L'IMPÉRATRICE LE COMMANDEMENT SUPRÊME DES LÉGIONS !

PAR LEVIATHAN ! LA CRUAUTÉ DE KERKA DÉPASSE L'ENTENDEMENT, ROMAIN !
POURTANT, ELLE M'AIME ! MAIS ELLE JOUE AVEC MOI ! MOI ! ATTILA ! DEPUIS LE DÉBUT !
ME FUIR UNE SECONDE FOIS ET LAISSER MON ARRIÈRE-GARDE ÊTRE VAINCUE PAR UNE LÉGION ! COMME SI JE N'ÉTAIS PAS SON SEUL ÉLU !
AH ! ELLE RÉCLAME TOUJOURS PLUS DE SANG ET DE SOUFFRANCES ! SON AMOUR EST AUSSI CRUEL QU'EXIGEANT...
POUR LE SATISFAIRE, JE TROUVERAI UN SÉNATEUR ET JE LUI EXTORQUERAI LES COORDONNÉES DE CETTE MAUDITE ROME !

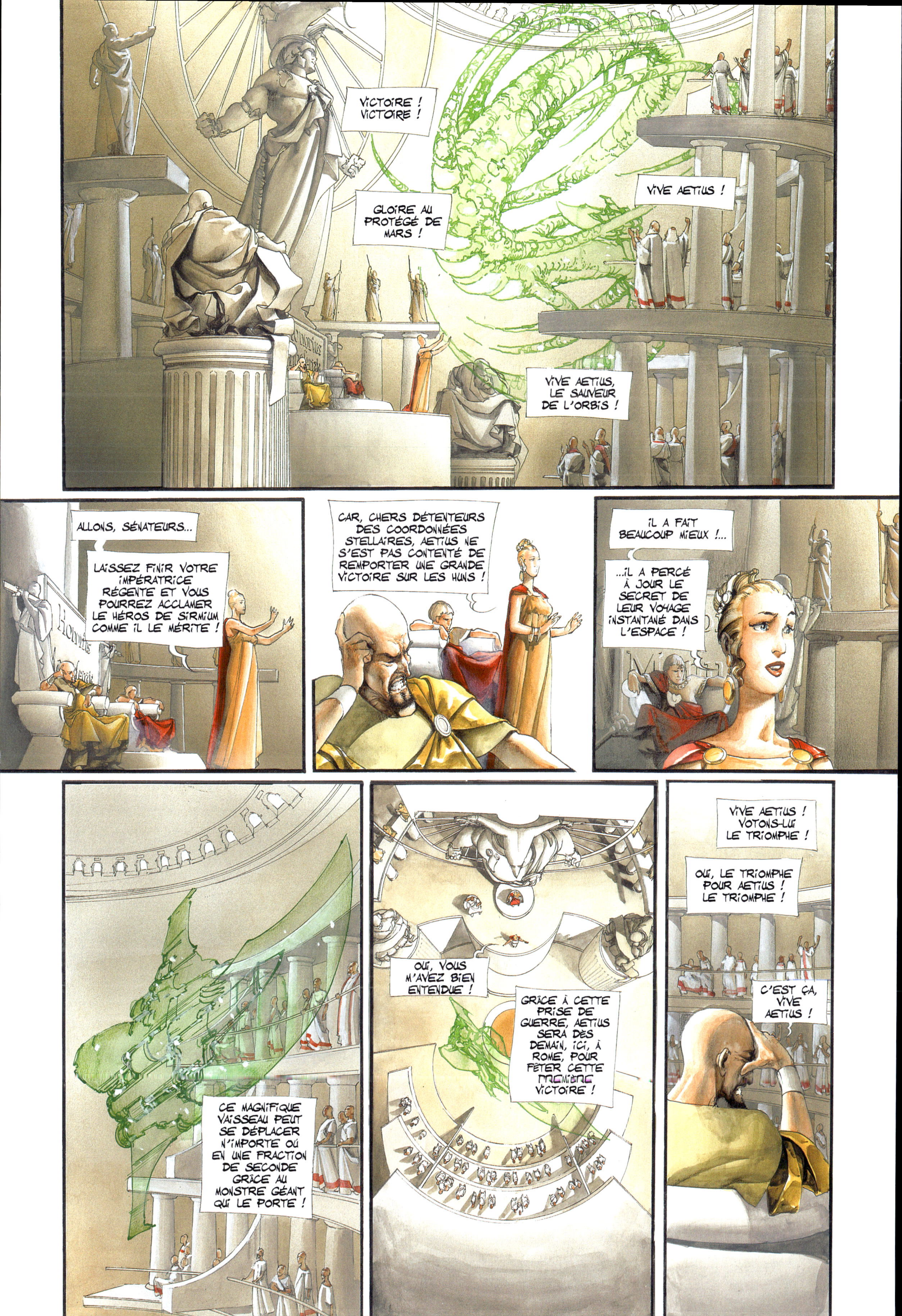
VICTOIRE ! VICTOIRE !
GLOIRE AU PROTÉGÉ DE MARS !
VIVE AETIUS !
VIVE AETIUS, LE SAUVEUR DE L'ORBIS !
ALLONS, SÉNATEURS...
LAISSEZ FINIR VOTRE IMPÉRATRICE RÉGENTE ET VOUS POURREZ ACCLAMER LE HÉROS DE SIRMIUM COMME IL LE MÉRITE !
CAR, CHERS DÉTENTEURS DES COORDONNÉES STELLAIRES, AETIUS NE S'EST PAS CONTENTÉ DE REMPORTER UNE GRANDE VICTOIRE SUR LES HUNS !
IL A FAIT BEAUCOUP MIEUX !...
...IL A PERCÉ À JOUR LE SECRET DE LEUR VOYAGE INSTANTANÉ DANS L'ESPACE !
CE MAGNIFIQUE VAISSEAU PEUT SE DÉPLACER N'IMPORTE OÙ EN UNE FRACTION DE SECONDE GRÂCE AU MONSTRE GÉANT QUI LE PORTE !
OUI, VOUS M'AVEZ BIEN ENTENDUE !
GRÂCE À CETTE PRISE DE GUERRE, AETIUS SERA DÈS DEMAIN, ICI, À ROME, POUR FÊTER CETTE
VICTOIRE !
VIVE AETIUS ! VOTONS-LUI LE TRIOMPHE !
OUI, LE TRIOMPHE POUR AETIUS ! LE TRIOMPHE !
C'EST ÇA, VIVE AETIUS !

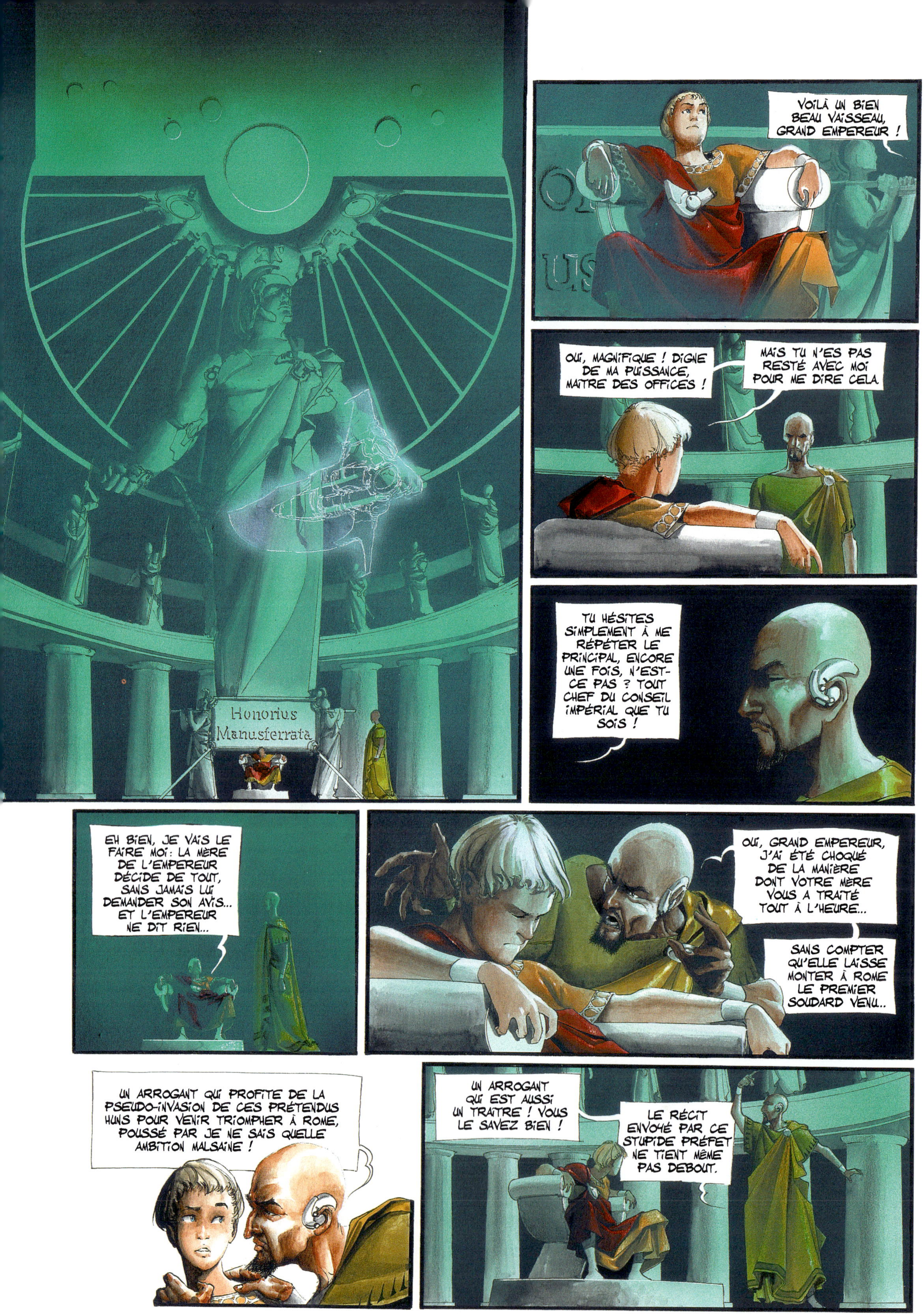
Honorius
Manusferrata
VOILÀ UN BIEN BEAU VAISSEAU, GRAND EMPEREUR !
OUI, MAGNIFIQUE ! DIGNE DE MA PUISSANCE, MAÎTRE DES OFFICES !
MAIS TU N'ES PAS RESTÉ AVEC MOI POUR ME DIRE CELA
TU HÉSITES SIMPLEMENT À ME RÉPÉTER LE PRINCIPAL, ENCORE UNE FOIS, N'EST-CE PAS ? TOUT CHEF DU CONSEIL IMPÉRIAL QUE TU SOIS !
EH BIEN, JE VAIS LE FAIRE MOI : LA MÈRE DE L'EMPEREUR DÉCIDE DE TOUT, SANS JAMAIS LUI DEMANDER SON AVIS... ET L'EMPEREUR NE DIT RIEN...
OUI, GRAND EMPEREUR, J'AI ÉTÉ CHOQUÉ DE LA MANIÈRE DONT VOTRE MÈRE VOUS A TRAITÉ TOUT À L'HEURE...
SANS COMPTER QU'ELLE LAISSE MONTER À ROME LE PREMIER SOUDARD VENU...
UN ARROGANT QUI PROFITE DE LA PSEUDO-INVASION DE CES PRÉTENDUS HUNS POUR VENIR TRIOMPHER À ROME, POUSSÉ PAR JE NE SAIS QUELLE AMBITION MALSAINE !
UN ARROGANT QUI EST AUSSI UN TRAÎTRE ! VOUS LE SAVEZ BIEN !
LE RÉCIT ENVOYÉ PAR CE STUPIDE PRÉFET NE TIENT MÊME PAS DEBOUT.

OUI, MAITRE DES OFFICES, TU AS RAISON.
CE GOUVERNEUR QUI A LAISSÉ DÉTRUIRE SA PLANÈTE, CE FLAVIUS AETIUS, IL DOIT CONVOITER LE COMMANDEMENT SUPRÊME DE NOS LÉGIONS !
OUI, EN ATTENDANT D'USURPER VOTRE TRÔNE LUI-MÊME, GRAND EMPEREUR ! IL NE S'ARRÊTERA PAS AVANT DE L'AVOIR !
EH BIEN, IL N'AURA NI L'UN NI L'AUTRE, MÊME SI JE SUIS TROP JEUNE COMME ME DIT MA MÈRE !
JE SUIS ET JE DEMEURE L'EMPEREUR ET L'IMPÉRATOR SUPRÊME DES LÉGIONS !
LE FILS D'HONORIUS, C'EST MOI, PAR MARS ! MÊME CET USURPATEUR D'AETIUS DEVRA L'APPRENDRE !
DÈS QU'IL SERA LÀ, JE L'OBLIGERAI À RECONNAITRE MON POUVOIR EN ME DONNANT CE VAISSEAU, TOUS LES HUNS QUI LE MANOEUVRENT ET LE MONSTRE MAGIQUE QUI LE PORTE !
OUI, GRAND EMPEREUR, UNE TELLE PRISE DE GUERRE NE PEUT REVENIR QU'À VOUS !
IL EST TEMPS QUE JE ME COMPORTE COMME UN VÉRITABLE CÉSAR, TU ME L'AS ASSEZ RÉPÉTÉ !
ET VOTRE MÈRE ?
JE M'EN OCCUPE... SUIS-MOI, MAITRE DES OFFICES, SUIS-MOI NOUS RETOURNONS À MON PALAIS DE LA LUNE RAVENNE.
EN CHEMIN, DIS-MOI TOUT CE QUE TU SAIS SUR CET AETIUS...
TU ES MON SEUL AMI, DANS CETTE COUR CORROMPUE, COMME TU FUS CELUI DE MON PÈRE AUTREFOIS !

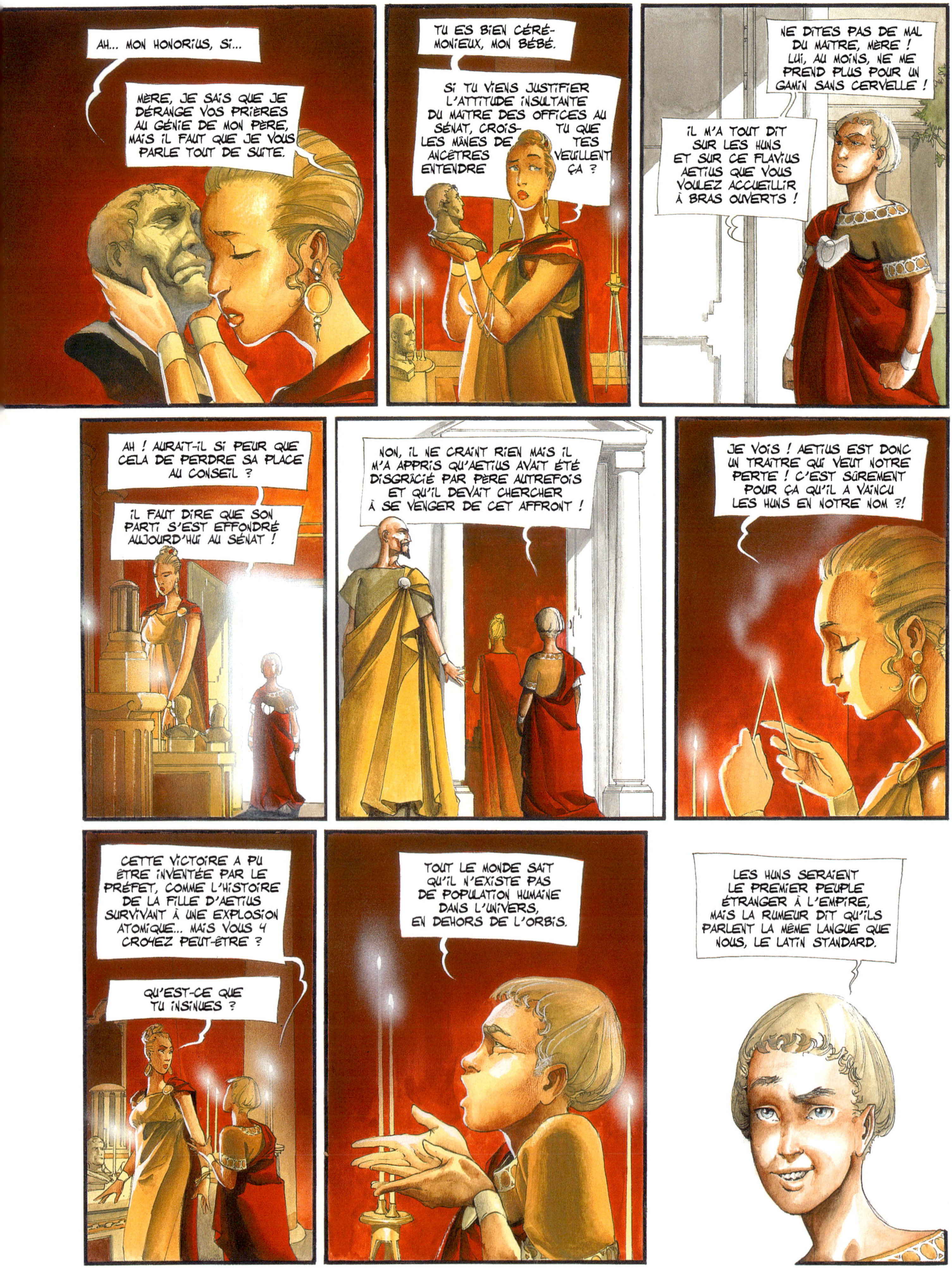
AH... MON HONORIUS, SI...
MÈRE, JE SAIS QUE JE DÉRANGE VOS PRIÈRES AU GÉNIE DE MON PÈRE, MAIS IL FAUT QUE JE VOUS PARLE TOUT DE SUITE.
TU ES BIEN CÉRÉMONIEUX, MON BÉBÉ.
SI TU VIENS JUSTIFIER L'ATTITUDE INSULTANTE DU MAÎTRE DES OFFICES AU SÉNAT, CROIS-TU QUE LES MÂNES DE TES ANCÊTRES VEUILLENT ENTENDRE ÇA ?
NE DITES PAS DE MAL DU MAÎTRE, MÈRE ! LUI, AU MOINS, NE ME PREND PLUS POUR UN GAMIN SANS CERVELLE !
IL M'A TOUT DIT SUR LES HUNS ET SUR CE FLAVIUS AETIUS QUE VOUS VOULEZ ACCUEILLIR À BRAS OUVERTS !
AH ! AURAIT-IL SI PEUR QUE CELA DE PERDRE SA PLACE AU CONSEIL ?
IL FAUT DIRE QUE SON PARTI S'EST EFFONDRÉ AUJOURD'HUI AU SÉNAT !
NON, IL NE CRAINT RIEN MAIS IL M'A APPRIS QU'AETIUS AVAIT ÉTÉ DISGRÂCIÉ PAR PÈRE AUTREFOIS ET QU'IL DEVAIT CHERCHER À SE VENGER DE CET AFFRONT !
JE VOIS ! AETIUS EST DONC UN TRAÎTRE QUI VEUT NOTRE PERTE ! C'EST SÛREMENT POUR ÇA QU'IL A VAINCU LES HUNS EN NOTRE NOM ?!
CETTE VICTOIRE A PU ÊTRE INVENTÉE PAR LE PRÉFET, COMME L'HISTOIRE DE LA FILLE D'AETIUS SURVIVANT À UNE EXPLOSION ATOMIQUE... MAIS VOUS Y CROYEZ PEUT-ÊTRE ?
QU'EST-CE QUE TU INSINUES ?
TOUT LE MONDE SAIT QU'IL N'EXISTE PAS DE POPULATION HUMAINE DANS L'UNIVERS, EN DEHORS DE L'ORBIS.
LES HUNS SERAIENT LE PREMIER PEUPLE ÉTRANGER À L'EMPIRE, MAIS LA RUMEUR DIT QU'ILS PARLENT LA MÊME LANGUE QUE NOUS, LE LATIN STANDARD.

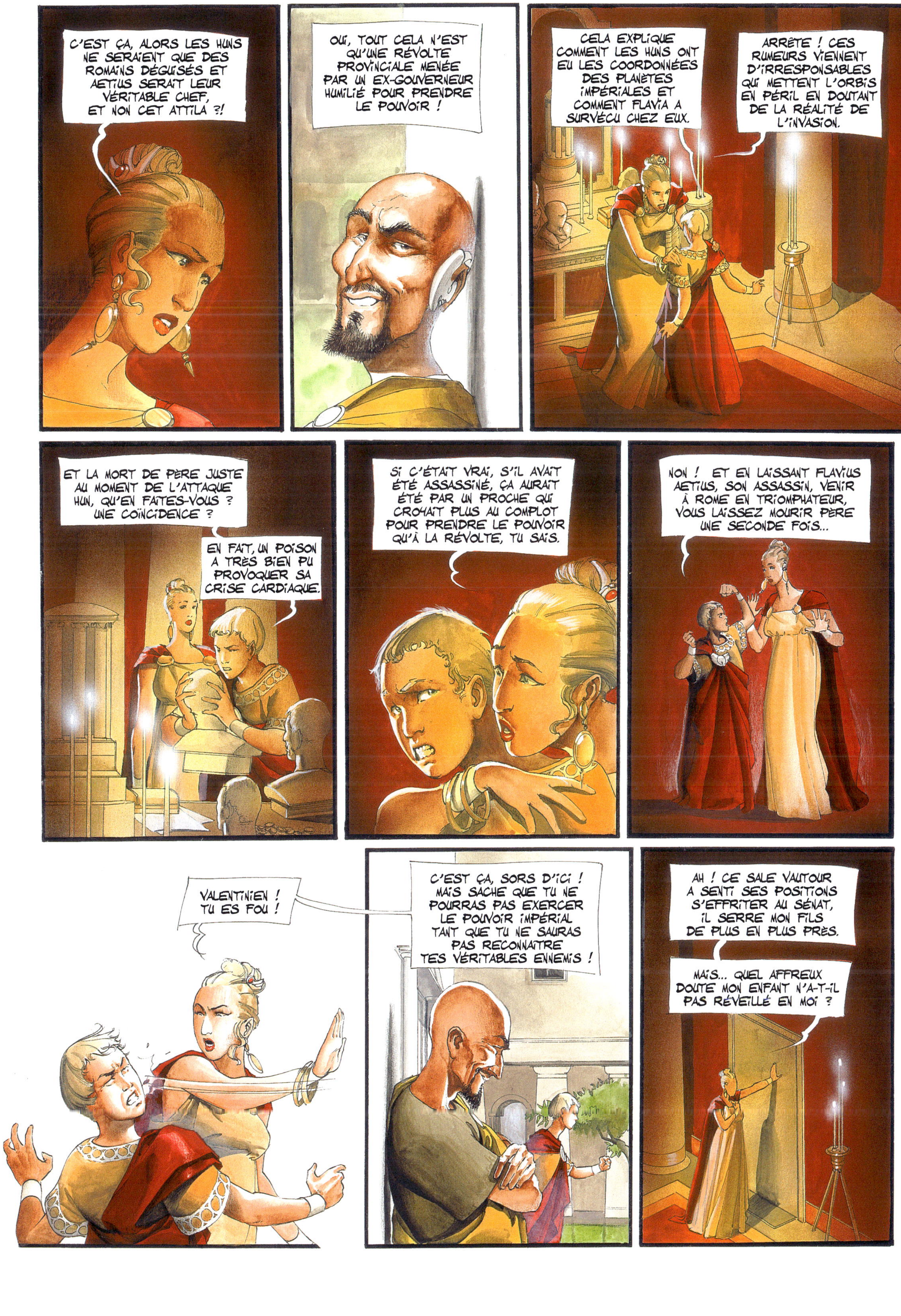
C'EST ÇA, ALORS LES HUNS NE SERAIENT QUE DES ROMAINS DÉGUISÉS ET AETIUS SERAIT LEUR VÉRITABLE CHEF, ET NON CET ATTILA ?!
OUI, TOUT CELA N'EST QU'UNE RÉVOLTE PROVINCIALE MENÉE PAR UN EX-GOUVERNEUR HUMILIÉ POUR PRENDRE LE POUVOIR !
CELA EXPLIQUE COMMENT LES HUNS ONT EU LES COORDONNÉES DES PLANÈTES IMPÉRIALES ET COMMENT FLAVIA A SURVÉCU CHEZ EUX.
ARRÊTE ! CES RUMEURS VIENNENT D'IRRESPONSABLES QUI METTENT L'ORBIS EN PÉRIL EN DOUTANT DE LA RÉALITÉ DE L'INVASION.
ET LA MORT DE PÈRE JUSTE AU MOMENT DE L'ATTAQUE HUN, QU'EN FAITES-VOUS ? UNE COÏNCIDENCE ?
EN FAIT, UN POISON A TRÈS BIEN PU PROVOQUER SA CRISE CARDIAQUE.
SI C'ÉTAIT VRAI, S'IL AVAIT ÉTÉ ASSASSINÉ, ÇA AURAIT ÉTÉ PAR UN PROCHE QUI CROYAIT PLUS AU COMPLOT POUR PRENDRE LE POUVOIR QU'À LA RÉVOLTE, TU SAIS.
NON ! ET EN LAISSANT FLAVIUS AETIUS, SON ASSASSIN, VENIR À ROME EN TRIOMPHATEUR, VOUS LAISSEZ MOURIR PÈRE UNE SECONDE FOIS...
VALENTINIEN ! TU ES FOU !
C'EST ÇA, SORS D'ICI ! MAIS SACHE QUE TU NE POURRAS PAS EXERCER LE POUVOIR IMPÉRIAL TANT QUE TU NE SAURAS PAS RECONNAÎTRE TES VÉRITABLES ENNEMIS !
AH ! CE SALE VAUTOUR A SENTI SES POSITIONS S'EFFRITER AU SÉNAT, IL SERRE MON FILS DE PLUS EN PLUS PRÈS.
MAIS... QUEL AFFREUX DOUTE MON ENFANT N'A-T-IL PAS RÉVEILLÉ EN MOI ?

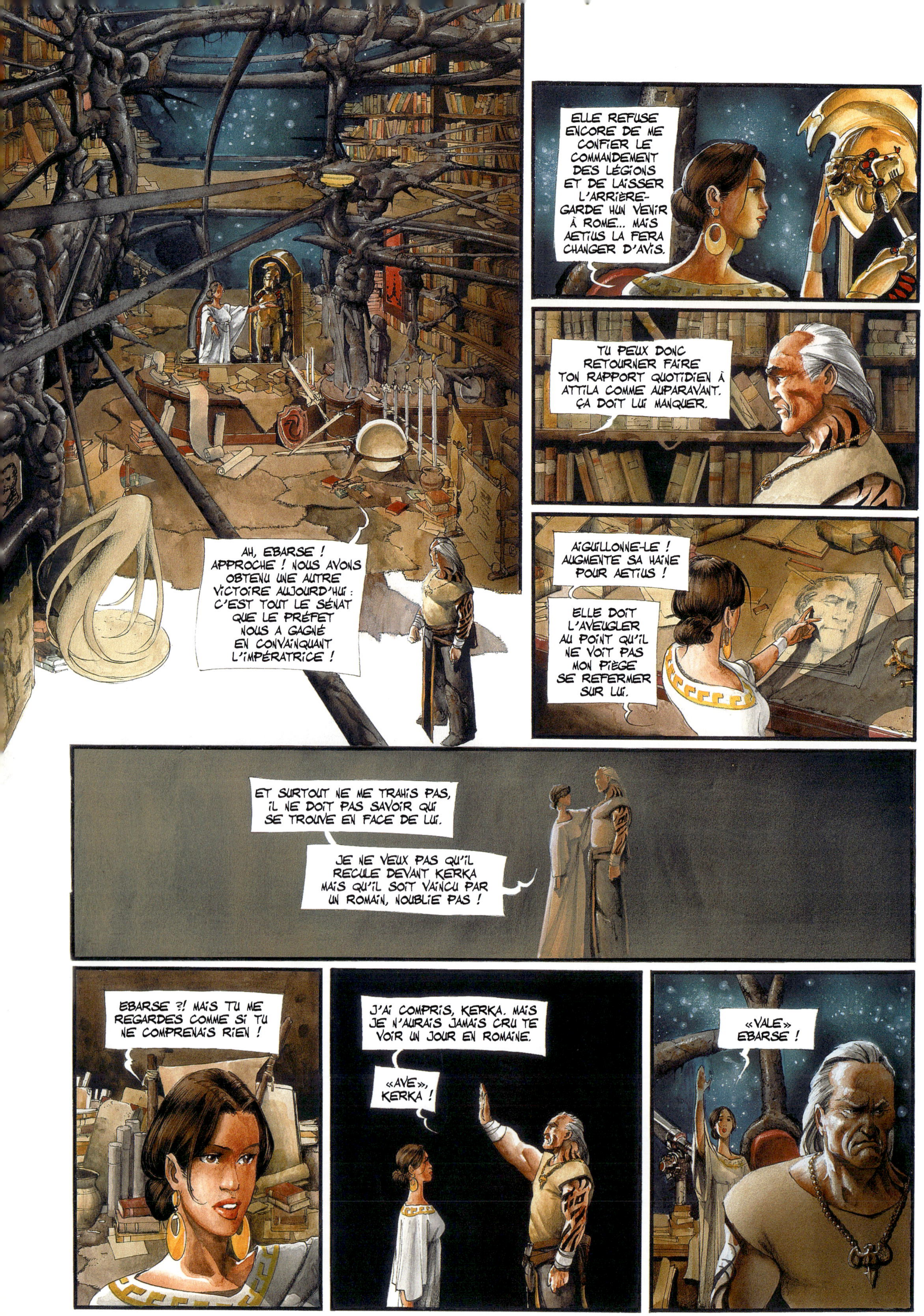
AH, EBARSE ! APPROCHE ! NOUS AVONS OBTENU UNE AUTRE VICTOIRE AUJOURD'HUI : C'EST TOUT LE SÉNAT QUE LE PRÉFET NOUS A GAGNÉ EN CONVAINQUANT L'IMPÉRATRICE !
ELLE REFUSE ENCORE DE ME CONFIER LE COMMANDEMENT DES LÉGIONS ET DE LAISSER L'ARRIÈRE-GARDE HUN VENIR À ROME... MAIS AETIUS LA FERA CHANGER D'AVIS.
TU PEUX DONC RETOURNER FAIRE TON RAPPORT QUOTIDIEN À ATTILA COMME AUPARAVANT. ÇA DOIT LUI MANQUER.
AIGUILLONNE-LE ! AUGMENTE SA HAINE POUR AETIUS !
ELLE DOIT L'AVEUGLER AU POINT QU'IL NE VOIT PAS MON PIÈGE SE REFERMER SUR LUI.
ET SURTOUT NE ME TRAHIS PAS, IL NE DOIT PAS SAVOIR QUI SE TROUVE EN FACE DE LUI.
JE NE VEUX PAS QU'IL RECULE DEVANT KERKA MAIS QU'IL SOIT VAINCU PAR UN ROMAIN, N'OUBLIE PAS !
EBARSE ?! MAIS TU ME REGARDES COMME SI TU NE COMPRENAIS RIEN !
J'AI COMPRIS, KERKA. MAIS JE N'AURAIS JAMAIS CRU TE VOIR UN JOUR EN ROMAINE.
«AVE», KERKA !
«VALE» EBARSE !

JE SUIS SURPRIS QUE TU TE REPRÉSENTES DEVANT MOI APRÈS CE QUI S'EST PASSÉ SUR SIRMIUM, EBARSE.
TU TIENS ABSOLUMENT À MOURIR COMME TON ANCIEN GRAND-PRÊTRE, OKTAR, POUR QUE JE PUISSE AJOUTER TA TÊTE À MES TROPHÉES DE GUERRE ?!
NON, MON ROI, JE VIENS SIMPLEMENT VOUS PRÉSENTER MON RAPPORT QUOTIDIEN COMME VOUS ME L'AVEZ ORDONNÉ LORS DU DÉPART DE KERKA.
ET QU'AS-TU À ME DIRE À PART QUE LA DÉESSE EST CHAQUE JOUR PLUS LOIN DE MOI ?
QU'ELLE N'A PAS TUÉ AETIUS SUR SIRMIUM. QU'AU CONTRAIRE, ELLE L'A ÉPARGNÉ ET RENVOYÉ À ROME AVEC LE VAISSEAU-TEMPLE POUR L'AIDER !
QUOI !?
OUI, VOUS M'AVEZ BIEN ENTENDU: ELLE A FAIT DE LUI SON CHAMPION ROMAIN COMME VOUS ÊTES SON CHAMPION HUN...
C'EST IMPOSSIBLE ! C'EST UN TRAITRE ET UN LÂCHE ! KERKA N'A PAS PU CHOISIR CET EUNUQUE POUR CHAMPION !

POURTANT SI, MON ROI.
ET AVEC KERKA DERRIÈRE LUI, IL EST AUSSI PUISSANT QUE VOUS !
IL FAUT ARRÊTER LA GUERRE, PENDANT QU'IL EN EST ENCORE TEMPS, SEIGNEUR !
NOTRE PEUPLE EST EN DANGER DE MORT AVEC UN AUTRE CHAMPION DE KERKA EN FACE DE LUI ! DÉJÀ, NOTRE ARRIÈRE-GARDE A ÉTÉ VAINCUE !
C'EST IMPOSSIBLE... JE NE PEUX PAS ÊTRE VAINCU
OU ALORS... EST-CE QUE C'EST ELLE QUI T'ENVOIE ME PRÉVENIR ? ELLE VEUT QUE JE CESSE LA GUERRE ?
NON, MON ROI... ELLE M'A JUSTE AUTORISÉ À RESTER EN CONTACT AVEC VOUS... JE NE SAIS RIEN D'AUTRE...
MOI, JE SAIS, EBARSE ! LA GUERRE CONTRE LES ROMAINS NE SUFFIT PLUS À SA LÉGENDE, ELLE VEUT LA RELEVER D'UN DUEL ENTRE 2 CHAMPIONS !
EH BIEN, ELLE L'AURA ! FOI DE ROI-PRÊTRE, J'ÉCRASERAI CE CAFARD PUANT D'AETIUS SOUS LES TALONS DE MES BOTTES !
KERKA SAURA QUE JE SUIS LE PLUS GRAND GUERRIER DE L'UNIVERS ET LE SEUL QUI SOIT DIGNE D'ELLE !

AAH... ROME ENFIN ! REGARDE LES 7 LUNES QUI ONT ÉTÉ AGGLOMÉRÉES À LA PLANÈTE PRIMITIVE, GOUVERNEUR ! ON LES APPELLE LES 7 COLLINES.
QUELLE MERVEILLE, PRÉFET !
ET LÀ, GOUVERNEUR, LA DERNIÈRE LUNE QUI BRILLE ENCORE DANS LE CIEL DERRIÈRE LA COLLINE, C'EST RAVENNE, LA RÉSIDENCE DES EMPEREURS.
ELLE A ÉTÉ AMÉNAGÉE IL Y A 300 ANS, COMME LES COLLINES.
SEULS LES INVITÉS DES EMPEREURS ONT LE DROIT DE S'Y RENDRE. ET NOUS IRONS APRÈS LE TRIOMPHE ET LES JEUX !
C'EST QUAND ROME ET RAVENNE ONT ÉTÉ ACHEVÉES QUE LES EMPEREURS ONT RÉALISÉ QUE L'ORBIS AVAIT ATTEINT SON APOGÉE ET QU'ILS DEVAIENT ARRÊTER L'HISTOIRE, SOUS PEINE DE LE VOIR DÉCLINER.
JE SAIS, JE ME SOUVIENS DE MES COURS D'HISTOIRE.
TOUTE SCIENCE ET TOUTE INNOVATION ONT ÉTÉ INTERDITES LE JOUR DE L'INAUGURATION DU GRAND TEMPLE DE MARS, LÀ OÙ LES EMPEREURS NOUS ATTENDENT.
CEUX QUI ÉTAIENT PORTEURS DE CHANGEMENTS MORTIFÈRES ONT ÉTÉ EXILÉS OU MIS À MORT... ET NOTRE ORBIS EST RESTÉ TEL QUEL DEPUIS... TOUJOURS À SON APOGÉE.
OUI, JUSQU'À L'ARRIVÉE DES HUNS, PRÉFET !

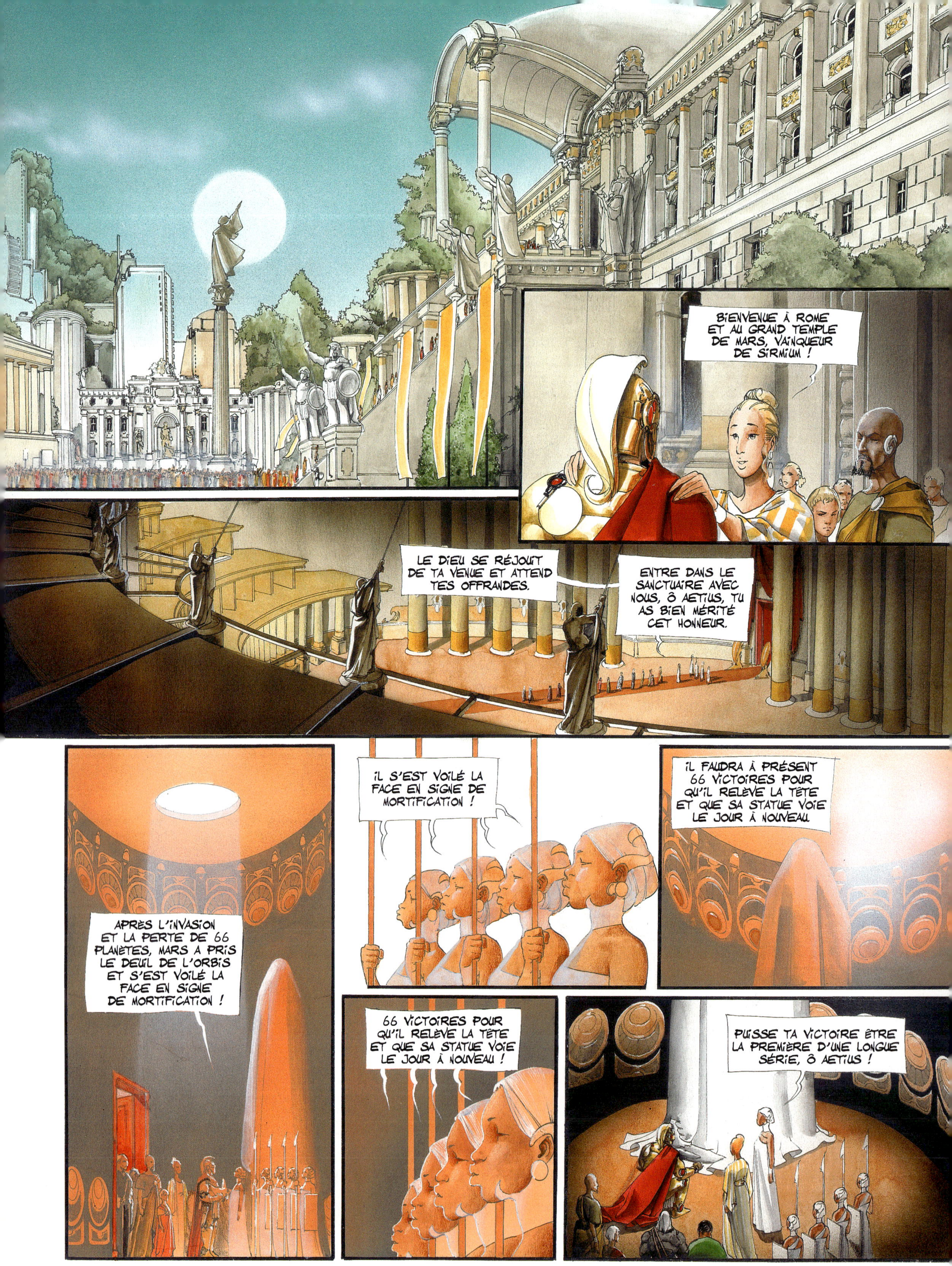
BIENVENUE À ROME ET AU GRAND TEMPLE DE MARS, VAINQUEUR DE SIRMIUM !
LE DIEU SE RÉJOUIT DE TA VENUE ET ATTEND TES OFFRANDES.
ENTRE DANS LE SANCTUAIRE AVEC NOUS, Ô AETIUS, TU AS BIEN MÉRITÉ CET HONNEUR.
APRÈS L'INVASION ET LA PERTE DE 66 PLANÈTES, MARS A PRIS LE DEUIL DE L'ORBIS ET S'EST VOILÉ LA FACE EN SIGNE DE MORTIFICATION !
IL S'EST VOILÉ LA FACE EN SIGNE DE MORTIFICATION !
IL FAUDRA À PRÉSENT 66 VICTOIRES POUR QU'IL RELÈVE LA TÊTE ET QUE SA STATUE VOIE LE JOUR À NOUVEAU
66 VICTOIRES POUR QU'IL RELÈVE LA TÊTE ET QUE SA STATUE VOIE LE JOUR À NOUVEAU !
PUISSE TA VICTOIRE ÊTRE LA PREMIÈRE D'UNE LONGUE SÉRIE, Ô AETIUS !

PEUH ! CET AETIUS N'A MÊME PAS DAIGNÉ SOULEVER LA VISIÈRE DE SON CASQUE POUR ME SALUER !
MAIS VOTRE MÈRE NE DIT RIEN, ELLE SEMBLE AVOIR UN FAIBLE POUR LUI.
TOUT AUTRE QUE LE GOUVERNEUR AURAIT ÉTÉ EXÉCUTÉ SUR LE CHAMP, GRAND EMPEREUR !
ELLE DOIT AIMER LES VIEILLES ARMURES DORÉES.
MAIS IL S'INSTALLE SUR LE FAUTEUIL DE MON PÈRE ! À MA PLACE !
C'EN EST TROP, POUR QUI SE PREND-IL ?!
VALENTINIEN, C'EST MOI QUI AI PRIÉ LE GOUVERNEUR DE S'ASSEOIR ICI.
PLUTÔT QUE DE FAIRE L'ENFANT, APPRÉCIEZ LE SPECTACLE QUE SES PRÊTRES HUNS VONT NOUS OFFRIR.
PEUT-ÊTRE AETIUS VOUS PERMETTRA-T-IL ENSUITE DE MONTER DANS SON VAISSEAU, PUISQU'IL N'Y A QUE CELA QUI VOUS INTÉRESSE.
QUOI ? DES HUNS DANS L'ARÈNE ! VOUS TROUVEZ QU'ILS N'ONT PAS ÉTÉ ASSEZ ACCLAMÉS PENDANT LE TRIOMPHE ?!

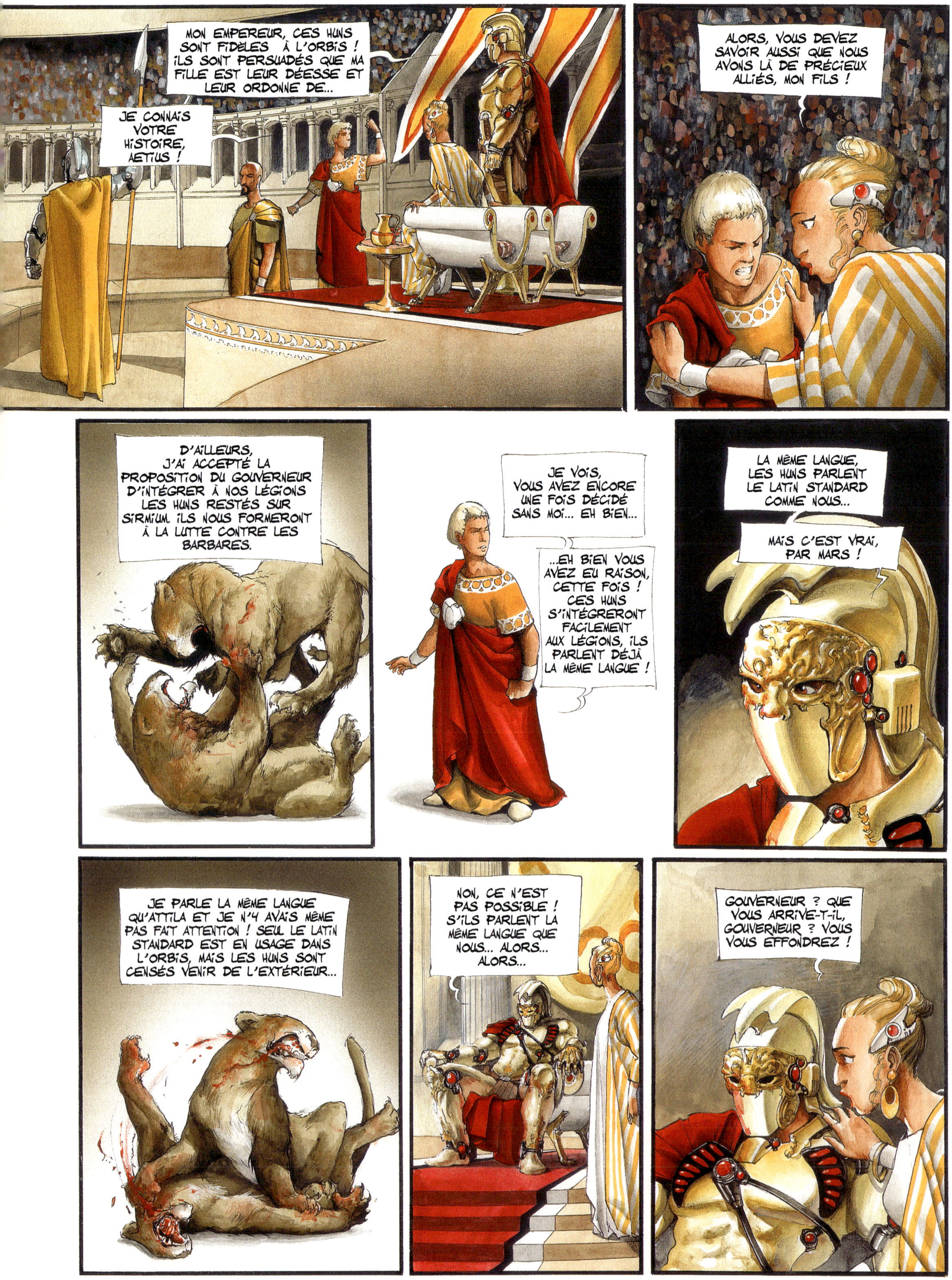
MON EMPEREUR, CES HUNS SONT FIDÈLES À L'ORBIS ! ILS SONT PERSUADÉS QUE MA FILLE EST LEUR DÉESSE ET LEUR ORDONNE DE...
JE CONNAIS VOTRE HISTOIRE, AETIUS !
ALORS, VOUS DEVEZ SAVOIR AUSSI QUE NOUS AVONS LÀ DE PRÉCIEUX ALLIÉS, MON FILS !
D'AILLEURS, J'AI ACCEPTÉ LA PROPOSITION DU GOUVERNEUR D'INTÉGRER À NOS LÉGIONS LES HUNS RESTÉS SUR SIRMIUM. ILS NOUS FORMERONT À LA LUTTE CONTRE LES BARBARES.
JE VOIS, VOUS AVEZ ENCORE UNE FOIS DÉCIDÉ SANS MOI... EH BIEN...
...EH BIEN VOUS AVEZ EU RAISON, CETTE FOIS ! CES HUNS S'INTÉGRERONT FACILEMENT AUX LÉGIONS, ILS PARLENT DÉJÀ LA MÊME LANGUE !
LA MÊME LANGUE, LES HUNS PARLENT LE LATIN STANDARD COMME NOUS...
MAIS C'EST VRAI, PAR MARS !
JE PARLE LA MÊME LANGUE QU'ATTILA ET JE N'Y AVAIS MÊME PAS FAIT ATTENTION ! SEUL LE LATIN STANDARD EST EN USAGE DANS L'ORBIS, MAIS LES HUNS SONT CENSÉS VENIR DE L'EXTÉRIEUR...
NON, CE N'EST PAS POSSIBLE ! S'ILS PARLENT LA MÊME LANGUE QUE NOUS... ALORS... ALORS...
GOUVERNEUR ? QUE VOUS ARRIVE-T-IL, GOUVERNEUR ? VOUS VOUS EFFONDREZ !

VOILÀ TON AETIUS, PRÉFET, J'ESPÈRE QUE TU AS RAISON ET QU'ON PEUT LUI FAIRE CONFIANCE !
J'EN RÉPONDS DE MA VIE.
MERCI D'AVOIR ACCEPTÉ DE ME REJOINDRE DANS UN ENDROIT PLUS TRANQUILLE, MON IMPÉRATRICE !
NOUS NE POUVIONS PAS VRAIMENT PARLER, TOUT À L'HEURE.
OUI, AETIUS, ET CES RUINES SONT TELLEMENT ROMANTIQUES !
LA MOITIÉ DES AMANTS DE ROME S'Y RENCONTRE LA NUIT !
C'EST CE QUE M'AVAIT DIT LE PRÉFET... MAIS JE VOUS AI FAIT VENIR ICI CAR CES RUINES NOUS MONTRENT CE QUI POURRAIT ARRIVER À L'ORBIS TOUT ENTIER SI NOUS N'ARRÊTONS PAS ATTILA À TEMPS !
ET CE SERA BIEN MOINS ROMANTIQUE, ALORS.
JE VOIS, VOUS ALLEZ ME DIRE ENCORE UNE FOIS QUE JE DOIS VOUS CONFIER LE COMMANDEMENT SUPRÊME DES LÉGIONS LE PLUS VITE POSSIBLE.
À QUOI VOUS ATTENDIEZ-VOUS ?
VOUS LE SAVEZ BIEN, AETIUS.
MAIS VOUS DEVEZ COMPRENDRE QUE JE NE PEUX PAS VOUS DONNER SATISFACTION TANT QUE VOUS AUREZ AUTANT D'OPPOSANTS À ROME.

ILS PEUVENT TRÈS FACILEMENT RETOURNER LE SÉNAT CONTRE VOUS ! RAPPELEZ-VOUS QU'UNE PARTIE DE LA POPULATION DE ROME DOUTE DE L'EXISTENCE MÊME DES HUNS ET CROIT QUE CES BARBARES SONT DES ROMAINS DÉGUISÉS !
OUI ! PARCE QU'ILS PARLENT LE LATIN STANDARD COMME NOUS, JE L'AI COMPRIS !
OUI, ET RIEN NE NOUS DIT QUE VOUS N'ÊTES PAS LEUR CHEF. JE NE PEUX VOUS FAIRE TOTALEMENT CONFIANCE, MÊME SI J'EN AI ENVIE.
MA DAME, JE DÉTIENS LES COORDONNÉES STELLAIRES DE ROME DEPUIS PLUSIEURS JOURS, SI J'ÉTAIS VRAIMENT LE CHEF DES HUNS, LA PLANÈTE SERAIT DÉJÀ À FEU ET À SANG !
JE SUIS, MOI AUSSI, UN ENNEMI D'ATTILA, PAR MARS !
JE VEUX LE DÉTRUIRE COMME IL A DÉTRUIT MA VIE, MA FAMILLE ET MA PLANÈTE SIRMIUM. VOUS COMPRENEZ ?
VOUS COMPRENEZ ?
CALMEZ-VOUS, AETIUS ! JE VOUS CROIS ! JE VOUS CROIS !
ET MOI QUI LES AI VUS DE TROP PRÈS, JE PEUX VOUS GARANTIR QUE LES HUNS NE SONT PAS DES ROMAINS, MON IMPÉRATRICE, ET QU'ILS NOUS TUERONT TOUS JUSQU'AU DERNIER SI ON LEUR EN LAISSE LE TEMPS !
VOUS ÊTES SINCÈRE, AETIUS !... MAIS TOUT CELA EST PLUS COMPLIQUÉ QUE VOUS NE LE PENSEZ...
ENCORE DES ATERMOIEMENTS...
C'EST VRAI... MAIS ON NE CONDUIT PAS UN EMPIRE SUR DES COUPS DE TÊTE.
VENEZ AU TEMPLE DE MARS, DANS 3 JOURS, JE VOUS Y LIVRERAI MA DÉCISION.

AH ! EBARSE, J'AI ENCORE ÉCHOUÉ: ELLE NE VEUT TOUJOURS PAS ME CONFIER LES LÉGIONS. JE N'AI EU QU'UN AUTRE RENDEZ-VOUS SECRET...
ATTILA A ENCORE DE BEAUX JOURS DEVANT LUI.
SURTOUT SI VOUS L'AIMEZ ENCORE, MA DÉESSE.
HUMM... L'IMPÉRATRICE A ÉTÉ SUIVIE PAR UN DES ESPIONS DU MAÎTRE DES OFFICES. DOIS-JE NOUS ASSURER QU'IL RESTE DISCRET... DÉFINITIVEMENT ?
NON, SURTOUT PAS. IL FAUT ABSOLUMENT DÉBLOQUER LA SITUATION LE PLUS VITE POSSIBLE... ET IL VA NOUS AIDER. J'AI UNE IDÉE.
VOIS-TU, EBARSE, JE N'AURAI PAS L'ACCORD DE L'IMPÉRATRICE TANT QUE VALENTINIEN, AVEUGLÉ PAR LE MAÎTRE DES OFFICES, ME PRENDRA POUR UN USURPATEUR.
JE DOIS DONC OUVRIR LES YEUX DE L'EMPEREUR, LUI MONTRER QUI EST SON VÉRITABLE ENNEMI.
ET POUR CELA, UNE SEULE SOLUTION: FAIRE FAIRE UN FAUX PAS À SON MINISTRE POUR QU'IL DÉVOILE SA DUPLICITÉ.
ET LE LUI FAIRE FAIRE TRÈS VITE: ATTILA EST SI JALOUX QUE KERKA LUI PRÉFÈRE AETIUS, QU'IL VA BIENTÔT LUI LANCER UN DÉFI, C'EST SÛR.
D'AUTANT QUE TOI, EBARSE, TU VAS RETOURNER PRÈS DE NOTRE ROI HUN POUR LE METTRE ENCORE PLUS EN COLÈRE...
MAIS AVANT, TU VAS FAIRE UN DÉTOUR PAR SIRMIUM: VOICI MES INSTRUCTIONS.

AH, NOUS Y SOMMES, EBARSE. NOUS SOMMES AU-DESSUS DE METTIS, LE COEUR DE CETTE PROVINCE ROMAINE.
NOUS AVONS INTERCEPTÉ LE VAISSEAU DE SON SÉNATEUR, HIER - MOI QUI CROYAIS QU'ILS S'ÉTAIENT TOUS RÉFUGIÉS À ROME !
IL EST MORT AVANT DE DONNER LES COORDONNÉES DE LA CACHETTE IMPÉRIALE, MAIS APRÈS AVOIR TRAHI CELLES DES PLANÈTES DE SON PROPRE SECTEUR.
OUI, MON ROI, MAIS POURQUOI AVOIR ATTENDU QUE JE SOIS REVENU UNE FOIS DE PLUS AUPRÈS DE VOUS POUR ATTAQUER ?
MAIS JE NE VAIS PAS ATTAQUER, EBARSE, JE VAIS FAIRE MIEUX...
JE VAIS INFLIGER À METTIS LE SUPPLICE QUE JE RÉSERVE AUSSI À NOTRE CHÈRE ROME...
ET J'AI ATTENDU QUE TU SOIS LÀ, UNIQUEMENT POUR QUE TU PUISSES RACONTER À AETIUS COMMENT JE TRAITE CEUX QUI ME RÉSISTENT OU ME FUIENT.
JE VEUX QU'IL SACHE CE QUI ATTEND SA SPLENDIDE CAPITALE, S'IL NE RÉPOND PAS ASSEZ VITE À MON DÉFI !

CAR CE N'EST QU'UNE QUESTION DE JOURS AVANT QUE JE N'OBTIENNE LES COORDONNÉES DE ROME.
ALORS, LES ROMAINS ESSAIERONT DE S'ENFUIR ET DE SE CACHER, MAIS CE SERA EN VAIN CAR MA FLOTTE COUVRIRA LA CIEL DE LA CAPITALE IMPÉRIALE, LE RENDANT PLUS SOMBRE QUE L'ENFER MÊME DE LEVIATHAN !
ET CE NE SERONT PAS DES GUERRIERS ORDINAIRES, DE SIMPLES HUNS, QUI SORTIRONT DES ENTRAILLES DE MES VAISSEAUX.
NON, CE SERONT DES GUERRIERS ENCORE PLUS CRUELS QUE MES HOMMES, TOTALEMENT INVINCIBLES ET IMMORTELS, QUI DÉTRUIRONT LES IMPÉRIAUX.
CAR J'AI DE NOUVEAUX ALLIÉS, EBARSE ET TU LES CONNAIS DÉJÀ.
REGARDE, CE SONT LES CADAVRES POURRISSANTS DE TOUS LES ROMAINS MASSACRÉS SUR LES AUTRES PLANÈTES QUI S'APPRÊTENT À LIVRER BATAILLE POUR NOUS...
DEPUIS DES SEMAINES DÉJÀ, ILS ATTENDENT, DANS LES CALES DE NOS VAISSEAUX, LE GRAND JOUR OÙ LEURS MIASMES DÉLÉTÈRES TRANSMETTRONT LEURS TUMEURS PURULENTES À TOUS CE QUI VIT ENCORE DANS L'ORBIS !

LES ROMAINS N'AURONT PAS LE TEMPS DE LES BRÛLER TOUS AVANT QUE LES ÉPIDÉMIES ET LA MORT NOIRE NE SE RÉPANDENT SUR TOUTE LA PLANÈTE.
ILS SERONT DÉCIMÉS PAR LES PESTES ET LES FIÈVRES MALIGNES, TOUS CES MAUX QU'ILS ONT OUBLIÉS DEPUIS SI LONGTEMPS QU'ILS NE SAVENT MÊME PLUS COMMENT LES SOIGNER !
ILS REGRETTERONT D'AVOIR INTERDIT LA RECHERCHE MÉDICALE ! ILS POURRIRONT TOUS VIVANTS ET MOURRONT DANS D'ATROCES SOUFFRANCES !
LEUR SEULE CHANCE EST QU'AETIUS RASSEMBLE SES LÉGIONS CONTRE MA HORDE ET ACCEPTE DE M'AFFRONTER AU PLUS VITE SUR LA PLANÈTE DE SON CHOIX !
À CETTE CONDITION SEULEMENT, J'ACCEPTE D'ÉPARGNER LES AUTRES ROMAINS APRÈS MA VICTOIRE.
JE SERAI GÉNÉREUX : SEULS L'EMPEREUR VALENTINIEN, L'IMPÉRATRICE GALLA PLACIDIA ET LE GOUVERNEUR FLAVIUS AETIUS SERONT SACRIFIÉS À NOTRE GRANDE DÉESSE KERKA.
LES AUTRES SE CONTENTERONT DE LA RECONNAÎTRE COMME DIVINITÉ SUPRÊME ET DE RENIER LEUR PITOYABLE DIEU MARS.
VOILÀ, TOUT EST ÉCRIT SUR CE PARCHEMIN... APPORTE-LE À AETIUS, EBARSE... ET SURTOUT, RACONTE-LUI BIEN CE QUE TU AS VU.
OUI, SEIGNEUR, MAIS SI KERKA DONNAIT LA VICTOIRE À AETIUS ? SI ELLE PRÉFÉRAIT SON CHAMPION ROMAIN ?
QU'ADVIENDRAIT-IL DE NOTRE PEUPLE, APRÈS UNE TELLE HORREUR ?

TU ES SÛR QU'UN SERVITEUR DU MAÎTRE DES OFFICES NOUS A SUIVIS JUSQU'AU TEMPLE DE MARS, PRÉFET ?
OUI, GOUVERNEUR, IL NE NOUS A PAS LÂCHÉS DEPUIS 3 JOURS, JE M'EN SUIS ASSURÉ EN L'ABSENCE D'EBARSE.
AVE, Ô AETIUS, QUE MARS SOIT AVEC TOI !
L'IMPÉRATRICE T'ATTEND DANS SON SANCTUAIRE. SUIS-MOI... SEUL.
L'IMPÉRATRICE N'EST PAS LÀ ?
SUIS-MOI...
Ô AETIUS, TE VOILÀ AU CŒUR DU SECRET LE PLUS PRÉCIEUX ET LE PLUS DANGEREUX DE L'ORBIS !
TOUTES LES VÉRITÉS QU'IL VAUT MIEUX CACHER DEPUIS QUE L'ORBIS EST L'ORBIS SONT ENFOUIES EN CES LIEUX.
SEULS LES MEMBRES DE LA DYNASTIE IMPÉRIALE PEUVENT Y PÉNÉTRER SANS PERDRE LEUR ÂME. JE NE PEUX ALLER PLUS AVANT.
MAIS TOI, Ô AETIUS, REJOINS NOTRE IMPÉRATRICE EN BAS, PUISQU'ELLE L'ORDONNE.

AVANCEZ, AVANCEZ ENCORE, AETIUS, NE CRAIGNEZ AUCUN PIÈGE.
VOUS ÊTES ICI PARCE QUE VOUS ÊTES MON DERNIER ESPOIR : LE MAÎTRE DES OFFICES A ASSASSINÉ MON MARI, L'EMPEREUR HONORIUS, ET IL TIENT, DEPUIS, VALENTINIEN SOUS SA COUPE.
LE MAÎTRE DES OFFICES ? JE M'EN DOUTAIS ! POURQUOI NE PAS L'AVOIR DÉNONCÉ AU SÉNAT ?
PARCE QUE JE NE PEUX RIEN PROUVER ! IL EST HABILE.
MAIS J'EN SUIS SÛRE, NOTRE SOI-DISANT MEILLEUR AMI A VOULU PROFITER DE LA DÉSTABILISATION DE L'ORBIS PAR L'INVASION HUN POUR S'EMPARER DU POUVOIR !
C'ÉTAIT LE MOMENT OU JAMAIS : NOTRE PREMIÈRE GUERRE DEPUIS 1000 ANS ! QUELS NAÏFS NOUS AVONS FAIT !
HEUREUSEMENT, J'AI RÉUSSI À SAUVER LE TRÔNE DE MON FILS, PAR UN CONTRE-COMPLOT TARDIF AU SÉNAT...
NE CRAIGNEZ-VOUS PAS QUE LE MAÎTRE NE VOUS RÉPONDE EN TUANT À SON TOUR LE JEUNE EMPEREUR ?
EN EFFET, AETIUS, MAIS MA MARGE DE MANOEUVRE EST ÉTROITE... CE SERPENT TRAVAILLE SANS RÉPIT LE SÉNAT POUR LE RETOURNER CONTRE VOUS.
IL N'Y A QUE 3 JOURS QUE VOUS ÊTES LÀ ET LA MOITIÉ DES SÉNATEURS NE VOUS VOIT DÉJÀ PLUS COMME LE VAINQUEUR DE SIRMIUM MAIS COMME UN USURPATEUR POTENTIEL.
OUI, NOUS DEVONS ÉLIMINER LE MAÎTRE DES OFFICES AVANT DE TENTER QUOI QUE CE SOIT D'ENVERGURE CONTRE LES HUNS !

MAIS C'EST UNE PERTE DE TEMPS, DE M'AVOIR FAIT ATTENDRE 3 JOURS COMPLETS, JUSTE POUR ME DIRE CELA...
C'EST LE TEMPS QU'IL M'A FALLU POUR ME DÉCIDER À PARTAGER ENFIN MON PLUS GRAND SECRET.
POUR COMMENCER: LA RUMEUR QU'A LANCÉE LE MAÎTRE DES OFFICES AU SUJET DE LA ROMANITÉ DES HUNS EST EN FAIT PARFAITEMENT FONDÉE !
LE FAIT QUE LES HUNS PARLENT LE LATIN EST UN PREMIER INDICE. MAIS NOUS SOMMES ICI DANS LE SANCTUAIRE DE NOTRE HISTOIRE PERDUE...
AVEZ-VOUS SEULEMENT IDÉE DE CE QU'EST ROME, ET DE CE QU'EST CE LIEU ?
LA BASILIQUE SAINT-PIERRE ! C'EST LE NOM DE CE SPLENDIDE MAUSOLÉE. IL A ÉTÉ CONSTRUIT IL Y A PLUS DE 10 000 ANS, ALORS QUE LA CONQUÊTE SPATIALE N'ÉTAIT QU'UN RÊVE ET QUE L'ORBIS N'EXISTAIT PAS ENCORE...
COMMENT ? VOUS PROFÉREZ UNE HÉRÉSIE, MAINTENANT !
L'ORBIS N'A NI DÉBUT NI FIN, IL EST ÉTERNEL, COMME L'UNIVERS LUI-MÊME, TOUT LE MONDE SAIT CELA.
ÉTERNEL ? MAIS VOUS M'AVEZ DIT QU'IL FALLAIT EMPÊCHER LES HUNS DE LE DÉTRUIRE ?
LA FAMEUSE ÉTERNITÉ DE L'ORBIS N'EST QUE DE LA PROPAGANDE DISTILLÉE DEPUIS 3 SIÈCLES POUR CONSACRER SON IMMOBILISME !
APRÈS AVOIR TOUT FAIT POUR ARRÊTER L'HISTOIRE, LES EMPEREURS ONT VOULU LA FAIRE DISPARAÎTRE COMME LES AUTRES SCIENCES ! MAIS C'EST UN FAIT, IL Y A EU UN «AVANT» ORBIS !
EN CES TEMPS TRÈS LOINTAINS, ROME N'ÉTAIT QU'UNE VILLE DE LA PLANÈTE OÙ NOUS SOMMES QUI S'APPELAIT ALORS LA TERRE... UNE VILLE QUI AVAIT DÉJÀ UN GRAND EMPIRE EN CES TEMPS LOINTAINS...
ROMA

CE PREMIER EMPIRE ROMAIN A SERVI DE MODÈLE AU NÔTRE COMME IL AVAIT PRÉCÉDEMMENT INSPIRÉ CEUX DE CHARLEMAGNE OU DE NAPOLÉON...
MAIS CES 2 NOMS NE DOIVENT RIEN VOUS DIRE.
NON... ALORS COMMENT ÉTAIT LA GALAXIE AVANT L'ORBIS ?
OH, IL Y AVAIT BEAUCOUP DE CIVILISATIONS DIFFÉRENTES AVANT L'ORBIS ! TOUTES LES PLANÈTES NE SE RESSEMBLAIENT PAS COMME MAINTENANT...
C'EST INCROYABLE !
OUI, L'EMPIRE EST LE RÉSULTAT DE LA FASCINATION MORBIDE ET FORCENÉE DE SES FONDATEURS POUR UN PASSÉ MORT DEPUIS LONGTEMPS. CE N'EST DONC PAS LA SEULE FORME POSSIBLE D'ORGANISATION DE L'HUMANITÉ.
C'EST TERRIFIANT ! MAIS POURQUOI ME DITES-VOUS CELA ? VOUS CHERCHEZ À RUINER MA LOYAUTÉ ENVERS VOUS !
LES EMPEREURS ONT BIEN FAIT D'ENFOUIR CE SAVOIR ICI ! IL NE PEUT POUSSER QU'À SOUHAITER LA CHUTE DE L'ORBIS !
CLAC
VOUS NE CROYEZ PAS SI BIEN DIRE !
CES ARCHIVES NOUS DISENT QUE L'ANCIEN EMPIRE ROMAIN TERRESTRE A AUSSI ÉTÉ ATTAQUÉ PAR DES HUNS MENÉS PAR UN CHEF NOMMÉ ATTILA !
CETTE COÏNCIDENCE EST IMPOSSIBLE ! LA MÊME INVASION, LES MÊMES NOMS NE PEUVENT REVENIR À PLUS DE 10 000 ANS D'INTERVALLE !
ALORS LES HUNS SERAIENT DES ROMAINS DÉGUISÉS QUI CONNAÎTRAIENT LA VRAIE HISTOIRE DE L'ORBIS ET VOUDRAIENT S'EN SERVIR POUR LE RENVERSER ?!
MAIS ILS NE SAVENT MÊME PAS D'OÙ ILS VIENNENT. ILS NE CONNAISSAIENT PAS LE SYSTÈME DES COORDONNÉES SPATIALES IL Y A 2 ANS.
OU ALORS ILS MENTAIENT TOUS ! MAIS ILS SONT DES MILLIONS ! CE N'EST PAS POSSIBLE !
JE SAIS MAIS LEUR INVASION NE PEUT S'EXPLIQUER AUTREMENT.
IL DOIT Y AVOIR UN GRAND COMPLOT DERRIÈRE TOUT CELA ! QUELQU'UN SE MOQUE DE NOUS

OUI, VOUS AVEZ RAISON PAR MARS ! MAIS QUI ? LE MAITRE DES OFFICES, ATTILA LUI-MÊME, OU BIEN LES 2 À LA FOIS ?
JE NE SUIS PAS PARVENUE À LE DÉCOUVRIR.
AUCUNE PRÉSENCE HUMAINE, À PART CELLES DES EMPEREURS, N'A ÉTÉ SIGNALÉE ICI DEPUIS L'ENFOUISSEMENT DÉFINITIF DU SITE, IL Y A 300 ANS.
JE SAIS, AETIUS, ÇA PARAIT FOU
OH, IL S'EST DÉJÀ PASSÉ TANT D'ÉVÉNEMENTS INCROYABLES.
ET PUISQUE C'EST MON TOUR DE FAIRE UN AVEU : L'IMMORTALITÉ DE FLAVIA..
IMPÉRATRICE ! VENEZ VITE !
ATTILA A ATTAQUÉ METTIS. ET LES PRÉTORIENS DISENT QUE LE GOUVERNEUR AETIUS EST RESPONSABLE !
AVE, IMPÉRATRICE-RÉGENTE ! AU NOM DE L'EMPEREUR VALENTINIEN, J'AI ORDRE DE VOUS ACCOMPAGNER AU SÉNAT ET DE CONDUIRE LE TRAITRE AETIUS EN PRISON !
EH BIEN, MON IMPÉRATRICE, ON DIRAIT QUE VOS RÉVÉLATIONS SUR LES HUNS ET LE MAITRE ARRIVENT TROP TARD: LES DÉS SONT JETÉS !

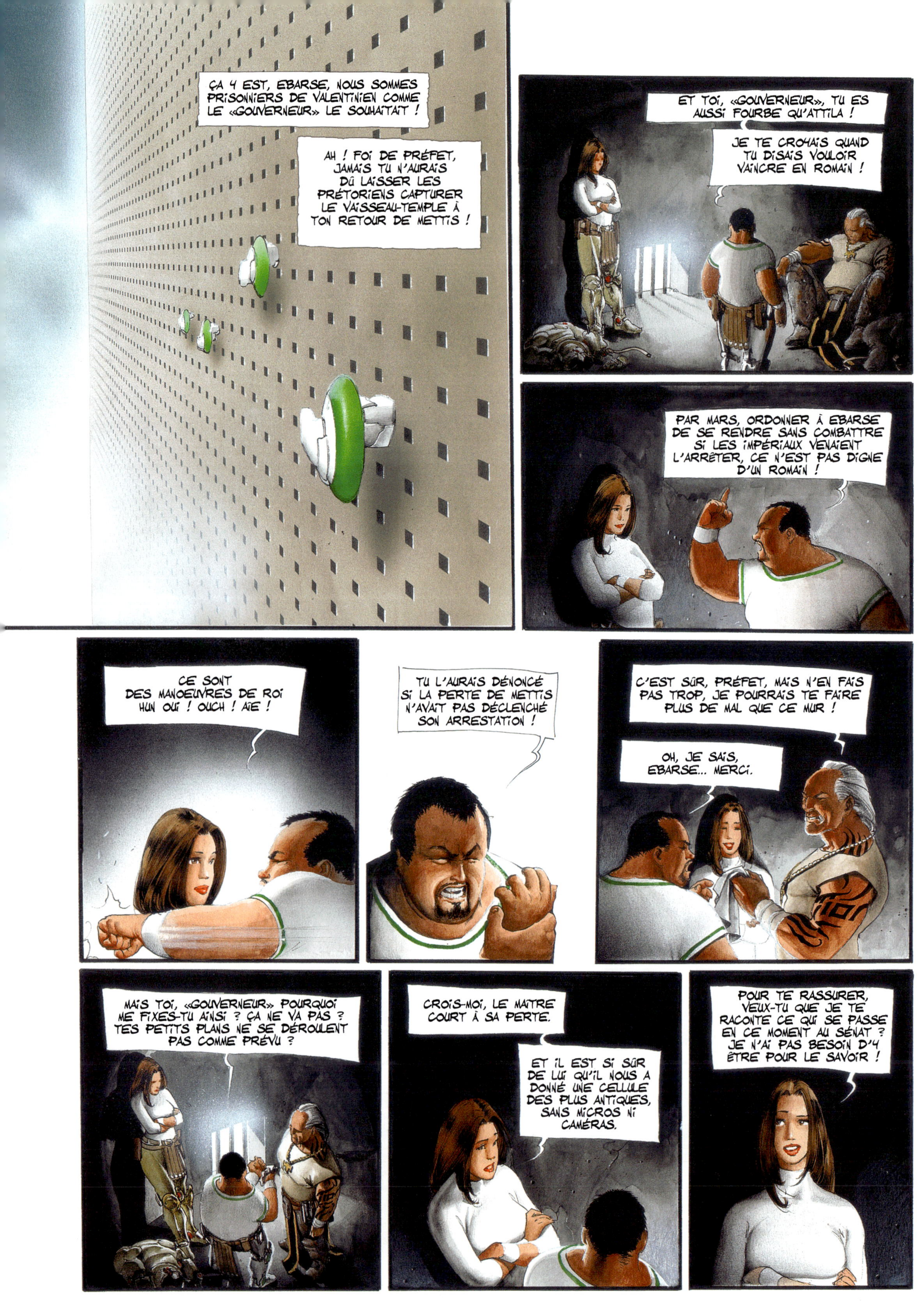
ÇA Y EST, EBARSE, NOUS SOMMES PRISONNIERS DE VALENTINIEN COMME LE «GOUVERNEUR» LE SOUHAITAIT !
AH ! FOI DE PRÉFET, JAMAIS TU N'AURAIS DÛ LAISSER LES PRÉTORIENS CAPTURER LE VAISSEAU-TEMPLE À TON RETOUR DE METTIS !
ET TOI, «GOUVERNEUR», TU ES AUSSI FOURBE QU'ATTILA !
JE TE CROYAIS QUAND TU DISAIS VOULOIR VAINCRE EN ROMAIN !
PAR MARS, ORDONNER À EBARSE DE SE RENDRE SANS COMBATTRE SI LES IMPÉRIAUX VENAIENT L'ARRÊTER, CE N'EST PAS DIGNE D'UN ROMAIN !
CE SONT DES MANOEUVRES DE ROI HUN OUI ! OUCH ! AÏE !
TU L'AURAIS DÉNONCÉ SI LA PERTE DE METTIS N'AVAIT PAS DÉCLENCHÉ SON ARRESTATION !
C'EST SÛR, PRÉFET, MAIS N'EN FAIS PAS TROP, JE POURRAIS TE FAIRE PLUS DE MAL QUE CE MUR !
OH, JE SAIS, EBARSE... MERCI.
MAIS TOI, «GOUVERNEUR» POURQUOI ME FIXES-TU AINSI ? ÇA NE VA PAS ? TES PETITS PLANS NE SE DÉROULENT PAS COMME PRÉVU ?
CROIS-MOI, LE MAÎTRE COURT À SA PERTE.
ET IL EST SI SÛR DE LUI QU'IL NOUS A DONNÉ UNE CELLULE DES PLUS ANTIQUES, SANS MICROS NI CAMÉRAS.
POUR TE RASSURER, VEUX-TU QUE JE TE RACONTE CE QUI SE PASSE EN CE MOMENT AU SÉNAT ? JE N'AI PAS BESOIN D'Y ÊTRE POUR LE SAVOIR !

IMAGINE LE JEUNE VALENTINIEN DEBOUT À LA TRIBUNE DEVANT SON CHER MAITRE DES OFFICES. IL DÉNONCE VIOLEMMENT MA TRAITRISE ET MON ALLIANCE AVEC ATTILA !
LE SCANDALE ÉCLATE DANS L'ASSEMBLÉE DES SÉNATEURS ! CEUX QUI M'ACCLAMAIENT IL Y A 3 JOURS SIFFLENT MON NOM ET CRACHENT SUR MON ARMURE ROUILLÉE !
L'EMPEREUR, CONTENT DE LUI, RACONTE QU'ON A REPÉRÉ EBARSE REVENANT D'ON NE SAIT OÙ AVEC LE LEVIATHAN ET QU'ON A TROUVÉ CELA TRÈS ÉTRANGE...
DÈS SON ATTERRISSAGE, LES PRÉTORIENS LUI ONT CONFISQUÉ LE VAISSEAU-TEMPLE DANS L'ESPOIR D'Y DÉCOUVRIR UN SECRET COMPROMETTANT.
ÇA A ÉTÉ FACILE. LES VINGT PRÊTRES, SEULS À BORD AVEC LUI, N'ONT MÊME PAS CHERCHÉ À RÉSISTER.
VALENTINIEN EXULTE ! OUI, LES SOLDATS ONT TROUVÉ CE QU'IL CHERCHAIT, CETTE PREUVE QUI LUI MANQUAIT POUR ME CONDAMNER DÉFINITIVEMENT.
TU DEVINES DE QUOI JE VEUX PARLER, PRÉFET ? DU MESSAGE D'ATTILA QU'EBARSE TRANSPORTAIT POUR MOI BIEN SÛR !
IL DIT SEULEMENT QUE LE ROI DÉFIE SON ENNEMI AETIUS, MAIS ÇA N'A PAS D'IMPORTANCE !
LE MAITRE A FACILEMENT CONVAINCU L'EMPEREUR QUE CE MESSAGE ÉTAIT CODÉ ET QU'EBARSE ÉTAIT L'AGENT DE LIAISON ENTRE ATTILA ET MOI.
ET L'ARGUMENT FONCTIONNE AUSSI AUPRÈS DU SÉNAT : IL EST ENTIÈREMENT RETOURNÉ CONTRE MOI À PRÉSENT.
C'EST DONC AU TOUR DE L'IMPÉRATRICE, LE DERNIER OBSTACLE ENTRE LE MAITRE ET LE POUVOIR, D'ÊTRE ÉCARTÉE.
VALENTINIEN RACONTE COMMENT SA MÈRE A ÉTÉ SÉDUITE PAR AETIUS ET LUI A DONNÉ DES RENDEZ-VOUS SECRETS !
BIENTÔT, IL EN EST SÛR, GALLA TRAHIRA L'EMPIRE COMME ELLE L'A DÉJÀ TRAHI, LUI, SON FILS.

LES SÉNATEURS HURLENT DE COLÈRE. ILS RÉCLAMENT MA TÊTE ET LA DÉCHÉANCE DE GALLA PLACIDIA
L'IMPÉRATRICE EST CONTRAINTE DE RENONCER À LA RÉGENCE AVANT DE SE RETIRER SOUS BONNE GARDE DANS SES APPARTEMENTS.
PEUT-ÊTRE A-T-ELLE LE TEMPS DE METTRE SON FILS EN GARDE CONTRE LE MAÎTRE DES OFFICES.
IL VEUT LE TRÔNE, IL EN A SANS DOUTE DÉJÀ ASSEZ DE MANIPULER VALENTINIEN COMME UNE MARIONNETTE !
MAIS PERSONNE NE L'ÉCOUTE. LE SÉNAT ACCLAME L'EMPEREUR ET LE MAÎTRE DES OFFICES.
LE MINISTRE CROIT QU'IL A GAGNÉ. IL SE PRÉPARE À JOUER UNE DERNIÈRE FOIS AVEC VALENTINIEN.
IL PROCLAME QUE LE VAISSEAU ET LE LEVIATHAN CONFISQUÉS REVIENNENT DE DROIT À L'EMPEREUR.
VALENTINIEN VA EN FAIRE SON VAISSEAU AMIRAL DANS LA CAMPAGNE QUI L'OPPOSERA À ATTILA CAR, LE «BÉBÉ» VEUT TUER LE VIRIL ROI HUN COMME UN GRAND.
LE MAÎTRE A D'AILLEURS DÉJÀ VEILLÉ PERSONNELLEMENT À CE QUE LE VAISSEAU SOIT NETTOYÉ DES PRÊTRES HUNS.
TOUT SERA PRÊT DEMAIN POUR QUE L'EMPEREUR PUISSE ALLER TESTER LE VAISSEAU DANS L'ESPACE... OUI, DEMAIN TOUT SERA JOUÉ. RIEN NE PEUT PLUS ARRÊTER MON PLAN.
MAIS J'AI APPRIS DES CHOSES INCROYABLES AUJOURD'HUI. ET J'AURAI UNE GRANDE QUESTION À POSER À EBARSE QUAND NOUS EN AURONS FINI AVEC TOUT CECI.

AH, L'AUBE ENFIN ! LA RELÈVE NE DEVRAIT PLUS TARDER.
OUI, TU ES RASSURÉ ? TU TE SENS MIEUX ?
C'EST ÇA, MOQUE-TOI ! TU AURAIS MOINS FAIT LE BRAVE SI DES HUNS NOUS AVAIENT ATTAQUÉS AU MILIEU DE LA NUIT !
MAIS QUELS HUNS ? LES VIEUX PRÊTRES QUI OCCUPAIENT LE VAISSEAU SONT TOUS EN PRISON AVEC AETIUS ! IL N'Y A QUE SA FILLE QU'ON N'A PAS RETROUVÉE.
TU N'AS PAS PEUR DE CETTE PETITE FLAVIA QUAND MÊME ?
NON, BIEN SÛR ! MAIS JE SUIS SÛR D'AVOIR ENTENDU DU BRUIT DANS LE VAISSEAU CETTE NUIT...
ET NE ME REDIS PAS QUE J'AI TROP D'IMAGINATION ! ET QUE TU N'AS RIEN ENTENDU, ET AUCUN DES COLLÈGUES NON PLUS !
CALME-TOI VOYONS, S'IL Y AVAIT ENCORE EU DES HUNS À BORD, ON LES AURAIT TROUVÉS PENDANT LA FOUILLE D'HIER APRÈS-MIDI...
TU CROIS ? CES BARBARES SONT SI RUSÉS, SI FURTIFS.

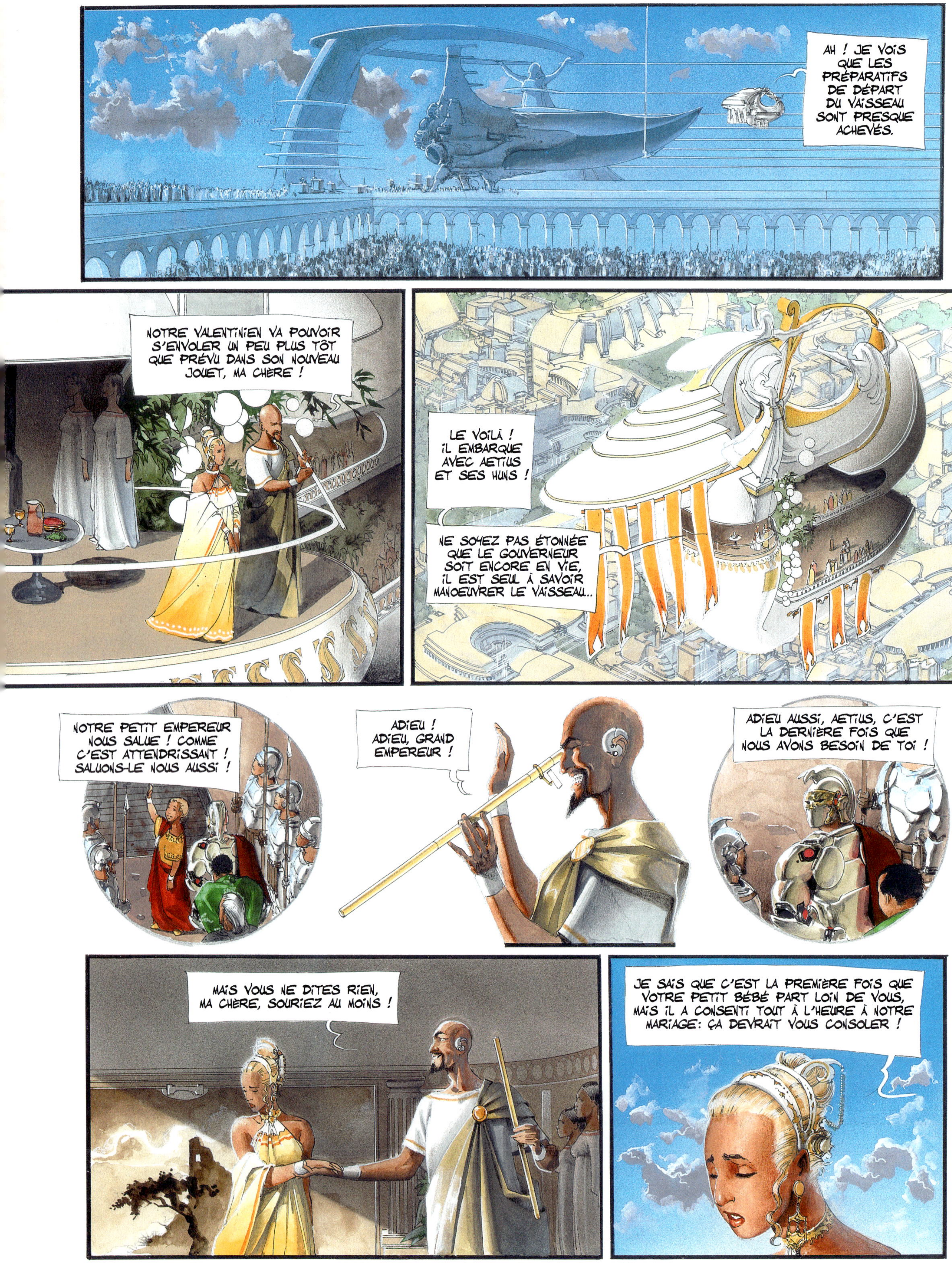
AH ! JE VOIS QUE LES PRÉPARATIFS DE DÉPART DU VAISSEAU SONT PRESQUE ACHEVÉS.
NOTRE VALENTINIEN VA POUVOIR S'ENVOLER UN PEU PLUS TÔT QUE PRÉVU DANS SON NOUVEAU JOUET, MA CHÈRE !
LE VOILÀ ! IL EMBARQUE AVEC AETIUS ET SES HUNS !
NE SOYEZ PAS ÉTONNÉE QUE LE GOUVERNEUR SOIT ENCORE EN VIE, IL EST SEUL À SAVOIR MANOEUVRER LE VAISSEAU...
NOTRE PETIT EMPEREUR NOUS SALUE ! COMME C'EST ATTENDRISSANT ! SALUONS-LE NOUS AUSSI !
ADIEU ! ADIEU, GRAND EMPEREUR !
ADIEU AUSSI, AETIUS, C'EST LA DERNIÈRE FOIS QUE NOUS AVONS BESOIN DE TOI !
MAIS VOUS NE DITES RIEN, MA CHÈRE, SOURIEZ AU MOINS !
JE SAIS QUE C'EST LA PREMIÈRE FOIS QUE VOTRE PETIT BÉBÉ PART LOIN DE VOUS, MAIS IL A CONSENTI TOUT À L'HEURE À NOTRE MARIAGE: ÇA DEVRAIT VOUS CONSOLER !

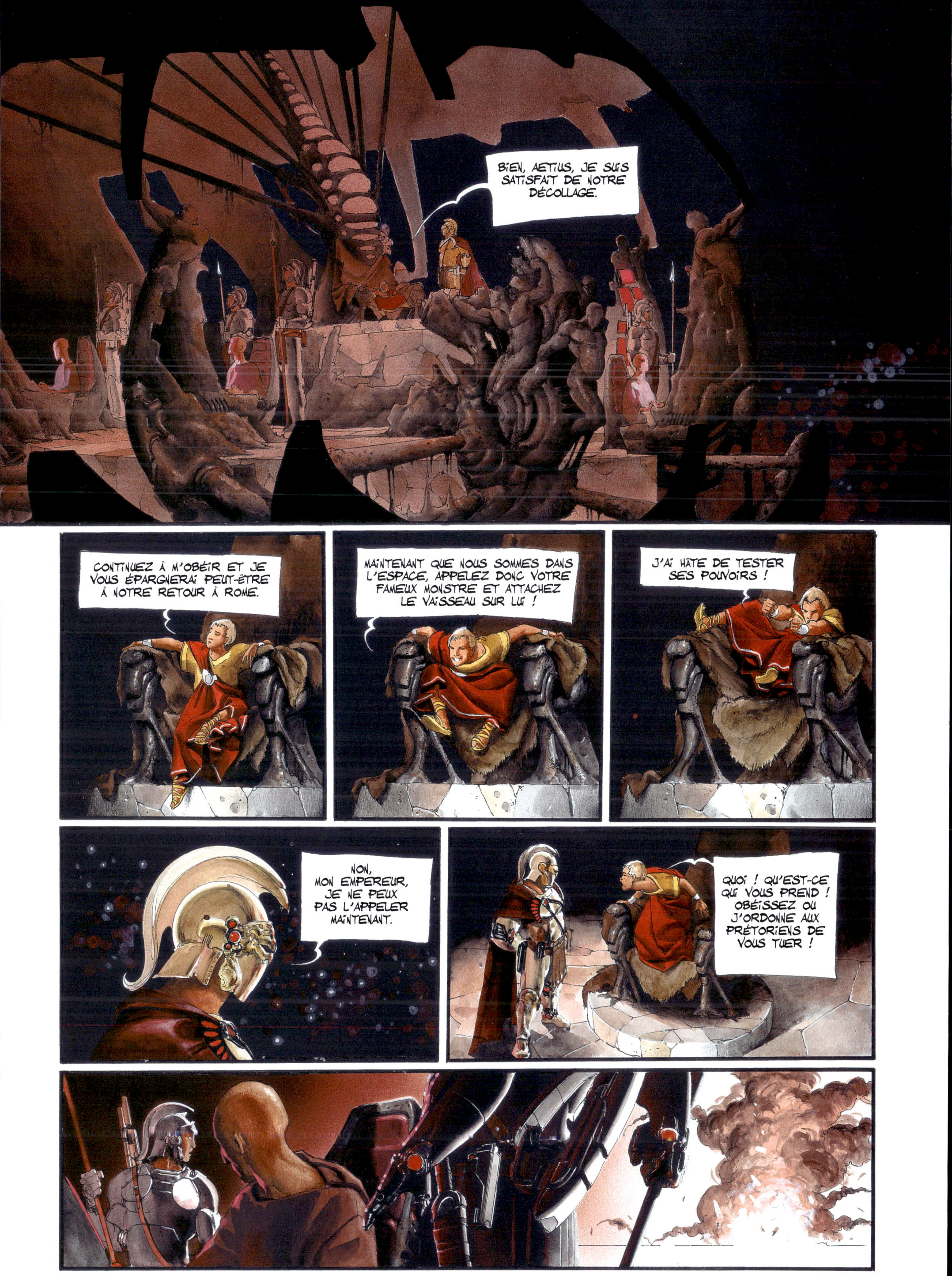
BIEN, AETIUS, JE SUIS SATISFAIT DE NOTRE DÉCOLLAGE.
CONTINUEZ À M'OBÉIR ET JE VOUS ÉPARGNERAI PEUT-ÊTRE À NOTRE RETOUR À ROME.
MAINTENANT QUE NOUS SOMMES DANS L'ESPACE, APPELEZ DONC VOTRE FAMEUX MONSTRE ET ATTACHEZ LE VAISSEAU SUR LUI !
J'AI HÂTE DE TESTER SES POUVOIRS !
NON, MON EMPEREUR, JE NE PEUX PAS L'APPELER MAINTENANT.
QUOI ! QU'EST-CE QUI VOUS PREND ! OBÉISSEZ OU J'ORDONNE AUX PRÉTORIENS DE VOUS TUER !

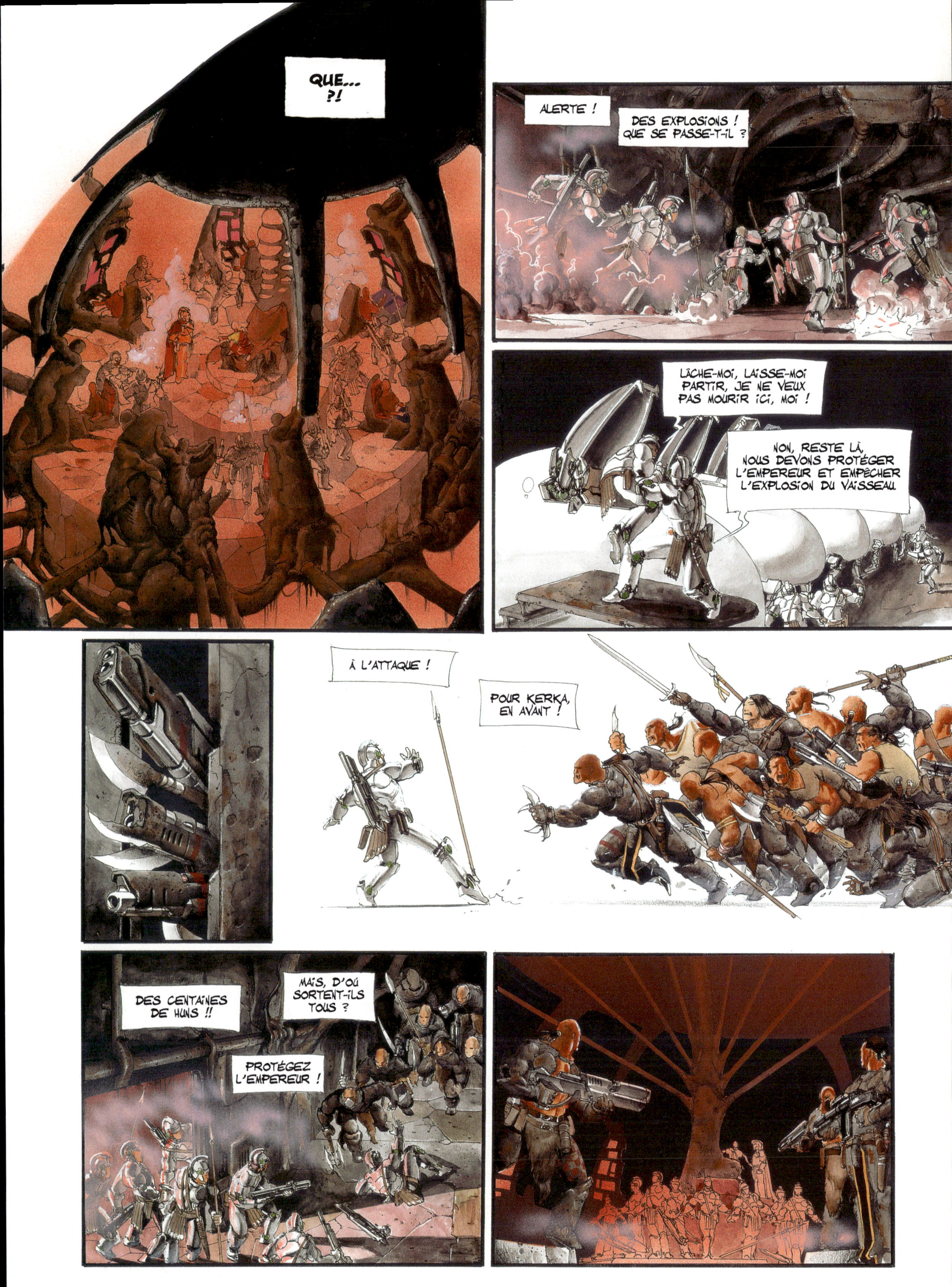
QUE... ?!
ALERTE !
DES EXPLOSIONS ! QUE SE PASSE-T-IL ?
LÂCHE-MOI, LAISSE-MOI PARTIR, JE NE VEUX PAS MOURIR ICI, MOI !
NON, RESTE LÀ, NOUS DEVONS PROTÉGER L'EMPEREUR ET EMPÊCHER L'EXPLOSION DU VAISSEAU
À L'ATTAQUE !
POUR KERKA, EN AVANT !
DES CENTAINES DE HUNS !!
MAIS, D'OÙ SORTENT-ILS TOUS ?
PROTÉGEZ L'EMPEREUR !

NE ME TOUCHEZ PAS, AETIUS ! VOUS AVEZ GAGNÉ, IL NE VOUS RESTE PLUS QU'À ME TUER, MOI, L'EMPEREUR !
MAIS JE VOUS PRÉVIENS, JAMAIS NI VOUS, NI ATTILA, NI AUCUN HUN NE PRENDREZ JAMAIS ROME !
LE MAÎTRE DES OFFICES PRÉFÉRERA FAIRE SAUTER LA PLANÈTE PLUTÔT QUE LIVRER L'ORBIS À DES TRAÎTRES COMME VOUS !
VOUS VOUS TROMPEZ D'ENNEMI, MON EMPEREUR: C'EST LE MAÎTRE QUI A ESSAYÉ DE VOUS TUER POUR S'EMPARER DU TRÔNE, PAS MOI !
SI JE L'AVAIS VOULU, TOUT LE MONDE SERAIT DÉJÀ MORT ICI, ALORS QUE PAS UN DE VOS HOMMES N'A ÉTÉ BLESSÉ.
ARRÊTEZ DE VOUS MOQUER DE MOI ET FINISSONS-EN AVANT QUE MON COURAGE NE M'ABANDONNE, VOUS ME DEVEZ AU MOINS ÇA, AETIUS !
NE CRAIGNEZ RIEN, JE SUIS LOYAL À L'EMPEREUR ! MAIS JE NE DOIS RIEN À CEUX QUI M'ONT ENLEVÉ MA FILLE POUR QU'ELLE SOIT SACRIFIÉE PAR LES HUNS COMME UN ANIMAL !
JE NE PARLERAI PAS RAISON D'ÉTAT AVEC UN TRAÎTRE !
ET EN FAISANT DE FLAVIA UNE OTAGE, LE MAÎTRE DES OFFICES N'A FAIT QUE L'ENVOYER À VOS PARTISANS, APPAREMMENT !
ARRÊTEZ, MON EMPEREUR ! SI J'ÉTAIS LE CHEF DES HUNS, IL Y A LONGTEMPS QUE ROME SERAIT DÉTRUITE, J'EN AI UNE CLEF, RAPPELEZ-VOUS.
QUANT AU MAÎTRE...
... C'EST LUI QUI A FAIT PIÉGER CE VAISSEAU, APRÈS ME L'AVOIR CONFISQUÉ POUR QU'IL EXPLOSE EN ORBITE AVEC VOUS À BORD !

À L'HEURE QU'IL EST, IL CROIT QUE SON PIÈGE A FONCTIONNÉ ET IL RACONTE EN PLEURANT AU SÉNAT QUE JE VOUS AI LÂCHEMENT ASSASSINÉ !
ENCORE QUELQUES LARMES ET QUELQUES GÉMISSEMENTS ET IL SE PROCLAMERA EMPEREUR, PAR MARS !
OUI, MAIS HEUREUSEMENT LE LOYAL AETIUS A DEVINÉ QUE MON MINISTRE A FAIT CONFISQUER LE VAISSEAU UNIQUEMENT POUR M'ASSASSINER !
GRÂCE SOIT RENDUE À MARS, JE SUIS SAUVÉ !
RIDICULE, AETIUS, QUI IRAIT CROIRE CELA ?!
SANS DOUTE QUELQU'UN DE PLUS SENSÉ QUE VOUS ! VOUS AVEZ EU DE LA CHANCE QUE J'AIE VITE DEVINÉ SA MANOEUVRE ET QUE J'AIE TOUT MIS EN PLACE POUR LA CONTRER.
NON, AETIUS, ARRÊTEZ, JE SAIS QUE C'EST VOUS QUI AVEZ TOUT FOMENTÉ POUR VOUS EMPARER DE MON TRÔNE !
MAIS DEMANDEZ-VOUS POURQUOI NI LE MAÎTRE, NI AUCUN DE SES HOMMES NE VOUS ONT ACCOMPAGNÉ DANS CE VOL INAUGURAL, PAR MARS !
ILS SAVAIENT CE QU'IL ALLAIT SE PASSER, C'EST TOUT !
JE VOIS, VOUS NE M'ÉCOUTEZ MÊME PAS.
EH BIEN, REGARDEZ AU MOINS CE QUI A ÉTÉ ENREGISTRÉ CES 2 DERNIERS JOURS PAR LES CAMÉRAS DU CIRCUIT INTERNE DU VAISSEAU !
C'EST ÇA, REGARDONS... REGARDONS...
APRÈS AVOIR VU À QUEL POINT VOUS VOULIEZ CE NAVIRE, J'AI ORDONNÉ À EBARSE, DE S'ARRÊTER AU RETOUR DE SA DERNIÈRE MISSION POUR RAMENER LES HUNS RESTÉS SUR SIRMIUM. ILS SE CACHÈRENT DANS LES CAISSONS SECRETS DU VAISSEAU
J'AVAIS RAISON D'ÊTRE MÉFIANT ! À PEINE LES PRÉTORIENS EURENT-ILS ARRÊTÉ ÉBARSE ET L'ÉQUIPAGE, QUE LES HOMMES DU MAÎTRE DES OFFICES SE MIRENT À L'ŒUVRE : TRANQUILLEMENT, ILS DÉPOSÈRENT DES CHARGES EXPLOSIVES DANS TOUT LE VAISSEAU ! REGARDEZ-DONC !

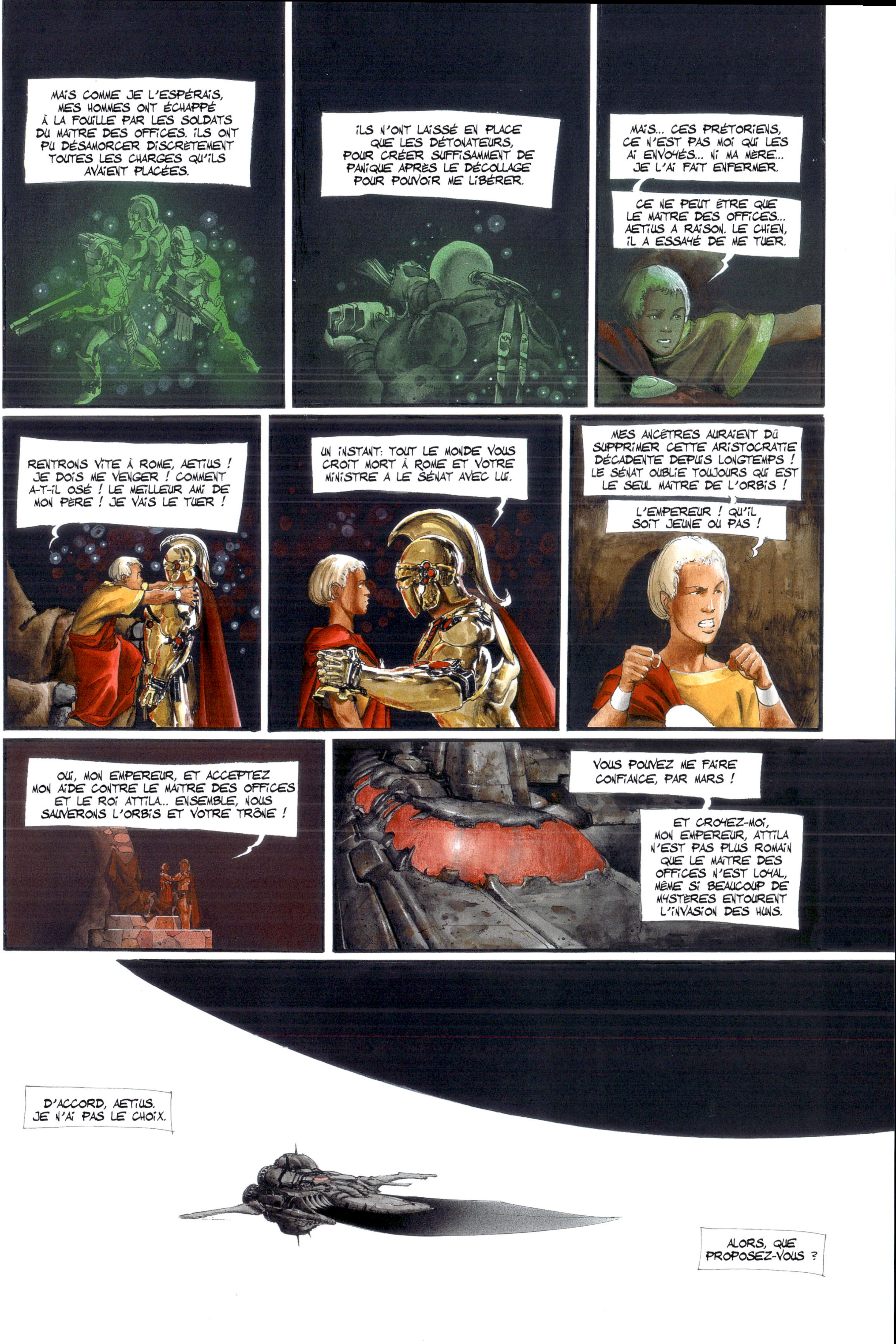

MAIS COMME JE L'ESPÉRAIS, MES HOMMES ONT ÉCHAPPÉ À LA FOUILLE PAR LES SOLDATS DU MAÎTRE DES OFFICES. ILS ONT PU DÉSAMORCER DISCRÈTEMENT TOUTES LES CHARGES QU'ILS AVAIENT PLACÉES.
ILS N'ONT LAISSÉ EN PLACE QUE LES DÉTONATEURS, POUR CRÉER SUFFISAMMENT DE PANIQUE APRÈS LE DÉCOLLAGE POUR POUVOIR ME LIBÉRER.
MAIS... CES PRÉTORIENS, CE N'EST PAS MOI QUI LES AI ENVOYÉS... NI MA MÈRE... JE L'AI FAIT ENFERMER.
CE NE PEUT ÊTRE QUE LE MAÎTRE DES OFFICES... AETIUS A RAISON. LE CHIEN, IL A ESSAYÉ DE ME TUER.
RENTRONS VITE À ROME, AETIUS ! JE DOIS ME VENGER ! COMMENT A-T-IL OSÉ ! LE MEILLEUR AMI DE MON PÈRE ! JE VAIS LE TUER !
UN INSTANT: TOUT LE MONDE VOUS CROIT MORT À ROME ET VOTRE MINISTRE A LE SÉNAT AVEC LUI.
MES ANCÊTRES AURAIENT DÛ SUPPRIMER CETTE ARISTOCRATIE DÉCADENTE DEPUIS LONGTEMPS ! LE SÉNAT OUBLIE TOUJOURS QUI EST LE SEUL MAÎTRE DE L'ORBIS !
L'EMPEREUR ! QU'IL SOIT JEUNE OU PAS !
OUI, MON EMPEREUR, ET ACCEPTEZ MON AIDE CONTRE LE MAÎTRE DES OFFICES ET LE ROI ATTILA.. ENSEMBLE, NOUS SAUVERONS L'ORBIS ET VOTRE TRÔNE !
VOUS POUVEZ ME FAIRE CONFIANCE, PAR MARS !
ET CROYEZ-MOI, MON EMPEREUR, ATTILA N'EST PAS PLUS ROMAIN QUE LE MAÎTRE DES OFFICES N'EST LOYAL, MÊME SI BEAUCOUP DE MYSTÈRES ENTOURENT L'INVASION DES HUNS.
D'ACCORD, AETIUS. JE N'AI PAS LE CHOIX.
ALORS, QUE PROPOSEZ-VOUS ?

VOILÀ LES FABULEUX LEVIATHANS D'ATTILA, MON EMPEREUR. LE MIEN A REPÉRÉ SANS PEINE LEUR TROUPEAU, COMME TOUJOURS.
QUELLE HORREUR ! IL Y EN A DES MILLIERS !
AETIUS, JE N'AURAIS PAS DÛ ACCEPTER VOTRE PLAN, NOUS ALLONS TOUS MOURIR !
NON, LES LEVIATHANS DOIVENT AVOIR ABSORBÉ UNE PARTIE DE CE CHAMP D'ASTÉROÏDES: ILS DIGÈRENT, À MOITIÉ ENDORMIS.
ON NE RISQUE RIEN, MAINTENANT.
NE VOUS INQUIÉTEZ PAS !
EN PLUS, MES HUNS ET MOI CONNAISSONS LA LANGUE SACRÉE QUI PERMET DE COMMUNIQUER AVEC CES CRÉATURES ET DE LES DIRIGER.
C'EST CE LANGAGE TENU SECRET DEPUIS DES SIÈCLES QUI A FAIT LA PUISSANCE DES PRÊTRES DE KERKA CHEZ LES HUNS.
SANS CELA, LES ROIS SE SERAIENT DÉBARRASSÉS D'EUX TRÈS VITE !
ET ATTILA, JUSTEMENT, NE VA-T-IL PAS NOUS ATTAQUER ?
...SI TU SAVAIS, PETIT «BÉBÉ»... ATTILA CONNAIT LA LANGUE SACRÉE, LUI AUSSI... ET C'EST MOI, COMME UNE IDIOTE, QUI LA LUI AI APPRISE...
QUOI ? QU'EST-CE QUE VOUS MARMONNEZ DANS VOTRE CASQUE, AETIUS ?
JE DISAIS QU'ATTILA DOIT CONNAITRE AUSSI CE LANGAGE MAINTENANT QU'IL EST LE GRAND-PRÊTRE DES HUNS.
MAIS IL EST TROP LOIN POUR NOUS ATTAQUER. LES HUNS NE RESTENT JAMAIS À PROXIMITÉ DES MONSTRES. EUX AUSSI EN ONT PEUR.

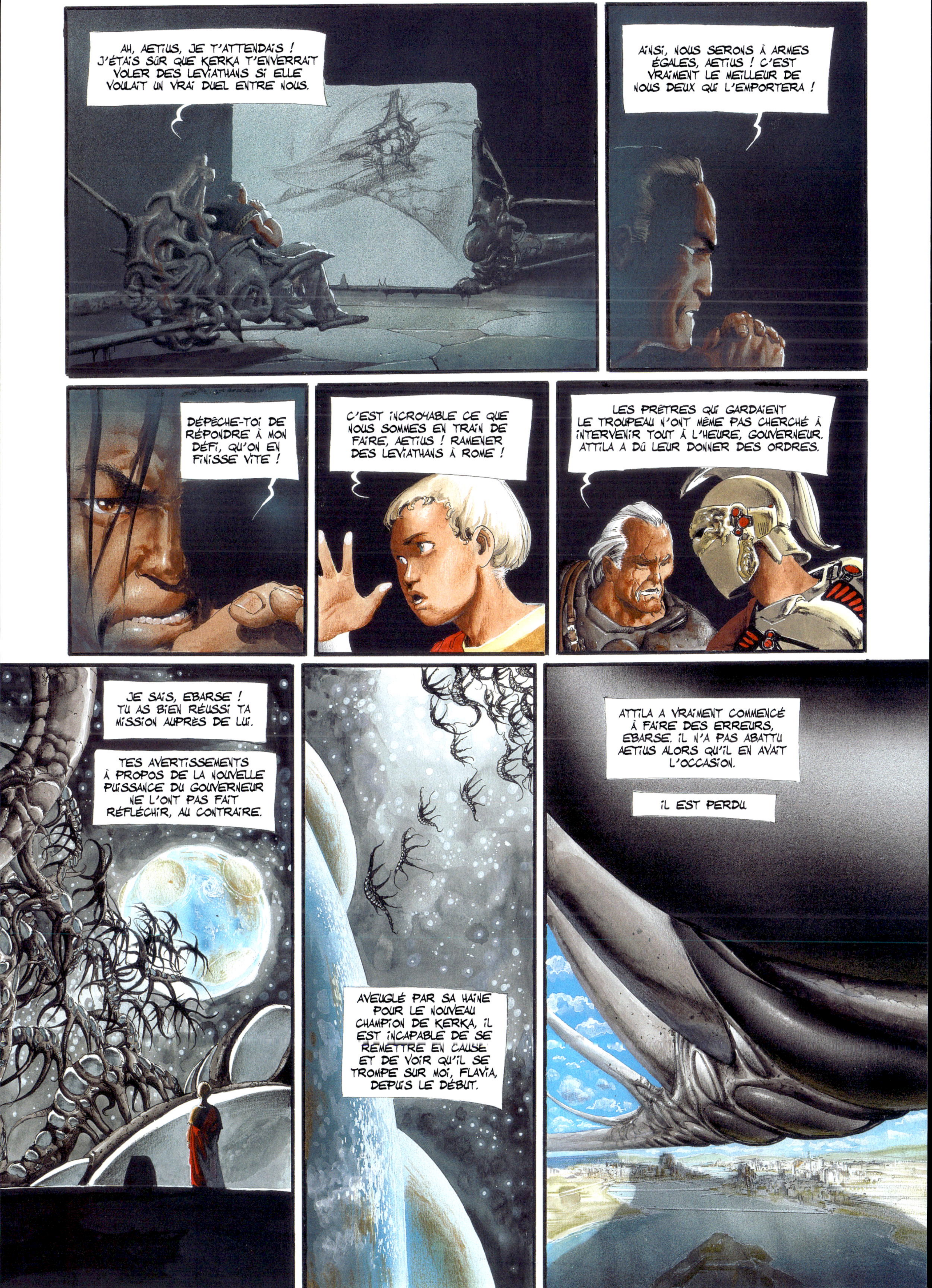
AH, AETIUS, JE T'ATTENDAIS ! J'ÉTAIS SÛR QUE KERKA T'ENVERRAIT VOLER DES LEVIATHANS SI ELLE VOULAIT UN VRAI DUEL ENTRE NOUS.
AINSI, NOUS SERONS À ARMES ÉGALES, AETIUS ! C'EST VRAIMENT LE MEILLEUR DE NOUS DEUX QUI L'EMPORTERA !
DÉPÊCHE-TOI DE RÉPONDRE À MON DÉFI, QU'ON EN FINISSE VITE !
C'EST INCROYABLE CE QUE NOUS SOMMES EN TRAIN DE FAIRE, AETIUS ! RAMENER DES LEVIATHANS À ROME !
LES PRÊTRES QUI GARDAIENT LE TROUPEAU N'ONT MÊME PAS CHERCHÉ À INTERVENIR TOUT À L'HEURE, GOUVERNEUR. ATTILA A DÛ LEUR DONNER DES ORDRES.
JE SAIS, EBARSE ! TU AS BIEN RÉUSSI TA MISSION AUPRÈS DE LUI.
TES AVERTISSEMENTS À PROPOS DE LA NOUVELLE PUISSANCE DU GOUVERNEUR NE L'ONT PAS FAIT RÉFLÉCHIR, AU CONTRAIRE.
AVEUGLÉ PAR SA HAINE POUR LE NOUVEAU CHAMPION DE KERKA, IL EST INCAPABLE DE SE REMETTRE EN CAUSE ET DE VOIR QU'IL SE TROMPE SUR MOI, FLAVIA, DEPUIS LE DÉBUT.
ATTILA A VRAIMENT COMMENCÉ À FAIRE DES ERREURS, EBARSE. IL N'A PAS ABATTU AETIUS ALORS QU'IL EN AVAIT L'OCCASION.
IL EST PERDU.

VIVE NOTRE NOUVEAU CÉSAR !
LONGUE VIE AU NOUVEL EMPEREUR !
VIVE L'EMPEREUR CHRYSAPHIUS !
QUE MARS SOIT AVEC LUI !
REGARDEZ ! DES MONSTRES !
LES HUNS NOUS ATTAQUENT !
NOUS SOMMES PERDUS ! ROME VA TOMBER !
ENFIN ! J'AI TELLEMENT ATTENDU CE MOMENT, MAIS, CETTE FOIS, ÇA Y EST, J'AI RÉUSSI.
IL SUFFIT, MAÎTRE DES OFFICES ! VALENTINIEN III N'EST PAS ENCORE MORT...
C'EST DONC BIEN AETIUS QUI DISAIT VRAI ! TU AS ESSAYÉ DE ME TUER POUR DEVENIR EMPEREUR À MA PLACE !
TU N'AURAIS PAS DÛ ÉCHOUER ! TU AS CORROMPU MON SÉNAT ET MES PRÉTORIENS, MAIS AETIUS ET SES HUNS ME SONT RESTÉS FIDÈLES !
ILS VONT TE TRAITER COMME TU LE MÉRITES, VIL USURPATEUR !
ALLEZ, MES GUERRIERS HUNS, APPRENEZ LA LOYAUTÉ À CE ROMAIN. VOUS ÊTES PLUS DIGNES DE MA CONFIANCE QUE LUI.
PITIÉ, GRAND EMPEREUR, PITIÉ !
AAAH !

MON LOYAL AETIUS, JE TE DOIS UN AVEU
JE NE TE CROYAIS PAS JUSQUE-LÀ : JE PENSAIS QUE TU AVAIS TRAFIQUÉ LES IMAGES DES CAMÉRAS DE TON VAISSEAU POUR ACCUSER CE SALE CHAROGNARD.
ET J'AVAIS DONC L'INTENTION DE TE TUER AVEC TES HOMMES, ICI, À ROME, DÈS QUE JE N'AURAIS PLUS ÉTÉ À TA MERCI.
MAIS C'ÉTAIT LUI, ET NON TOI, QUI S'APPRÊTAIT À POSER SUR SA TÊTE LA COURONNE IMPÉRIALE. C'ÉTAIT LUI, MON AMI, QUI ÉTAIT EN FAIT MON ENNEMI.
JE TE FAIS ENTIÈREMENT CONFIANCE À PRÉSENT: ENSEMBLE NOUS VAINCRONS ATTILA ET NOUS SAUVERONS L'ORBIS.
MÈRE, JE REGRETTE D'AVOIR DOUTÉ DE VOUS AUSSI.
J'ESPÈRE QUE VOUS VOUDREZ BIEN ME PARDONNER ET CONTINUER À ME PRODIGUER VOS CONSEILS.
MAIS MES ERREURS M'ONT FINALEMENT BEAUCOUP APPRIS. IL EST TEMPS QUE J'ASSUME PLEINEMENT LA CHARGE POUR LAQUELLE JE SUIS NÉ.
MÈRE, SÉNATEURS ET VOUS TOUS ICI, JE PROCLAME SOLENNELLEMENT DEVANT VOUS ET DEVANT MARS, LE GRAND DIEU DE LA GUERRE, QUE LA RÉGENCE EST TERMINÉE.
JE SUIS, DÈS CET INSTANT, LE SEUL EMPEREUR DE L'ORBIS ROMAIN GALACTIQUE, SON PROTECTEUR NATUREL ET SON PREMIER DÉFENSEUR.
QUICONQUE METTRA CE FAIT EN DOUTE EN RÉPONDRA DE SA VIE DEVANT MARS ET DEVANT SA ROME ÉTERNELLE !

URBI ET ORBI, AU NOM DE MARS, MOI, VALENTINIEN III, JE NOMME FLAVIUS AETIUS PATRICE DES ROMAINS ET IMPERATOR SUPRÊME DE MES LÉGIONS.
PAR CES TITRES, JE LUI DONNE LES CLEFS DES PLANÈTES DE L'ORBIS QUI ÉTAIENT VÔTRES JUSQU'À AUJOURD'HUI.
VOUS AVEZ MONTRÉ CES DERNIERS JOURS À QUEL POINT VOUS ÉTIEZ INDIGNES DE LES POSSÉDER.
MAIS JE NE ME LAISSERAI PAS ALLER À LA COLÈRE CONTRE VOUS.
JE ME CONTENTERAI D'OBSERVER NOS ANTIQUES TRADITIONS. JE VOUS TRAITERAI COMME MES ANCÊTRES TRAITAIENT LES LÉGIONS MUTINÉES.
QUE MA NOUVELLE GARDE HUN PROCÈDE À LA DÉCIMATION DU SÉNAT.
QUE LES TÊTES D'UN SÉNATEUR SUR DIX ORNENT DÈS MAINTENANT LE TEMPLE DE NOTRE GRAND DIEU MARS EN SIGNE DE LEUR EXPIATION.
RELEVEZ-VOUS, AETIUS, ET PARLONS LIBREMENT... LES SÉNATEURS QUI NOUS ENTOURENT NE RÉPÉTERONT JAMAIS CE QUI VA SE DIRE DANS CE TEMPLE.
VOUS M'AVEZ DONNÉ UNE GRANDE LEÇON, PATRICE AETIUS.
IL FAUT SAVOIR RECONNAÎTRE SES ERREURS POUR NE PAS S'ENFONCER DANS UNE SITUATION SANS ISSUE.
MON INCAPACITÉ À REMETTRE EN QUESTION MON OPINION SUR VOUS ET LE MAÎTRE DES OFFICES AURAIT PU ÊTRE FATALE À L'ORBIS.
ELLE AURAIT PU DONNER LA VICTOIRE À ATTILA.
HEUREUSEMENT, ON DIRAIT QUE SA HAINE POUR MOI EST ENCORE PLUS FORTE QUE N'ÉTAIT LA VÔTRE, ET QU'ELLE L'AVEUGLE ENCORE BIEN DAVANTAGE.
ATTILA EST PERDU !
IL NE VERRA PAS LE PIÈGE QUE NOUS LUI TENDRONS GRÂCE AUX LEVIATHANS QU'IL NOUS A LAISSÉ EMMENER !

AH, JE VOUS CROIS, AETIUS !
NOUS N'AVONS PLUS QU'À RENVOYER VOTRE SERVITEUR AUPRÈS DU ROI AVEC LA RÉPONSE POSITIVE À SON DÉFI ET À NOUS METTRE DANS LA MAIN DE MARS.
OUI, DEMAIN TOUT SERA EN PLACE POUR QUE LA PLUS GRANDE BATAILLE QUE L'ORBIS AIT JAMAIS CONNUE VOIE LA DÉFAITE ET L'ANÉANTISSEMENT DES HUNS.
TOUT CELA GRÂCE À VOUS, PATRICE.
JE COMPRENDS POURQUOI VOUS AVEZ ENLEVÉ 66 LEVIATHANS EXACTEMENT HIER. CELA ÉQUIVAUT BIEN AUX 66 VICTOIRES QUE MARS RÉCLAMAIT POUR ÊTRE DÉVOILÉ À NOUVEAU
L'HONNEUR VOUS REVIENT, AETIUS, RETIREZ LE DRAP QUI RECOUVRE LA STATUE DU DIEU POUR QU'IL PUISSE ASSISTER À NOTRE TRIOMPHE PROCHAIN.
J'OBÉIRAI AVEC JOIE, MON EMPEREUR, MAIS JE SOUHAITE AVANT VOUS DONNER UNE DERNIÈRE PREUVE DE MA LOYAUTÉ, EN MÊME TEMPS QUE DE LA CONFIANCE QUE J'AI, MOI, EN VOUS.
CLAC
FAITES... FLAVIA !
FLAVIA ? VOUS AVIEZ DONC DEVINÉ, MON EMPEREUR, QUI SE CACHAIT SOUS L'ARMURE DU GOUVERNEUR AETIUS ? JE NE L'AURAIS PAS IMAGINÉ...
JE NE L'AI COMPRIS QUE TOUT À L'HEURE...
J'AVAIS DÉJÀ ÉTÉ SURPRIS D'APPRENDRE QUE LA JEUNE FLAVIA N'ÉTAIT PAS À BORD DE SON VAISSEAU-TEMPLE LORS DE SA PRISE PAR LES PRÉTORIENS...
PUIS, PENDANT L'ENLÈVEMENT DES LEVIATHANS, J'AI VU LES HUNS OBÉIR À AETIUS AVEC UNE FERVEUR TOUTE RELIGIEUSE... OR JE SAVAIS QU'ILS PRENAIENT SA FILLE POUR UNE DÉESSE.
C'EST LÀ QUE J'AI SU QUE C'ÉTAIT ELLE ET NON SON PÈRE QUI SE TROUVAIT SOUS L'ARMURE.

CELA NE CHANGE DONC RIEN. ALLEZ, PATRICE, DÉVOILEZ DONC LA STATUE COMME VOUS VOUS ÊTES DÉVOILÉ...
LE SÉNAT NOUS ATTEND POUR NOUS REMETTRE TOUTES LES CLEFS DES PLANÈTES. NE LE FAISONS PAS TROP ATTENDRE, LES SURVIVANTS POURRAIENT CHERCHER ENCORE UN AUTRE EMPEREUR.
NON ! NON !
CE VISAGE ?!
LA STATUE DE MARS ! C'EST ATTILA !
C'EST ATTILA !
ATTILA !